걸으면 보이는 도시,
서울

걸으면 보이는 도시,
서울

드로잉에 담은
도시의 시간들

이종욱 지음

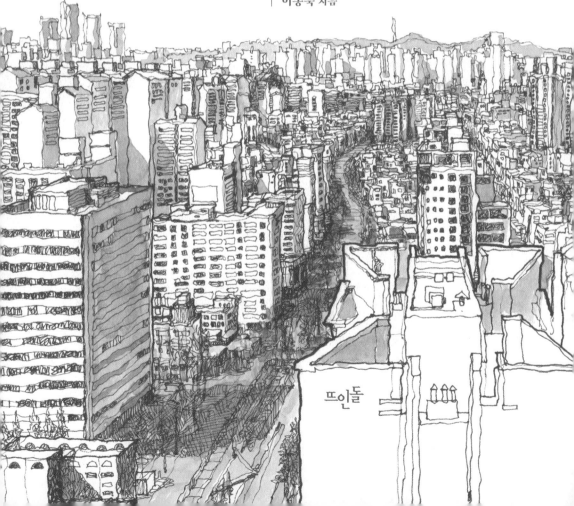

뜨인돌

일러두기

1. 이 책에 실린 모든 그림은 지은이가 직접 그렸습니다. 2013년부터 2021년에 걸쳐 그린 것으로, 오늘의 모습과 일부 다를 수 있습니다.

2. 이 책은 서울역을 중심으로, 총 일곱 개의 걷기 코스를 담고 있습니다. 그 상세 경로 및 경로상의 주요 지물(地物) 등은 각 장의 도입부에 마련한 약도에 표시했습니다.

3. 단행본·잡지·장편소설·논문집·조사보고서 등의 제목은 《 》로, 시·단편소설·미술·영화·논문·기사 등의 제목은 〈 〉로 표시했습니다.

4. 주석은 본문의 해당 부분에 점으로 표시하고, 해당 쪽(또는 그 바로 다음 쪽) 하단에 상세 내용을 적어두었습니다.

5. 집필에 참고한 자료는 본문의 해당 부분에 아라비아숫자로 작게 표시하고, 그 목록을 책 뒷부분 '집필에 도움을 준 자료들'에 정리했습니다.

함께 걷고, 걸어갈 아내와 아들,
늘 고마운 어머니 그리고……
세상을 떠난,
보고픈 아버지께 바칩니다.

함께 걸어볼 지역과 경로들

인왕산

서촌

경복궁

종묘

광화문
광장

경희궁

종로

청계천

을지로

③

북아현동

정동

덕수궁

② ① 서울
시청

명동

중림동

③

④

회현동

아현동

서울역

① ⑤

남산

후암동

청파동

숙명여대

효창공원

해방촌

④

용산
미군기지

원효로1가

경부선

용문동

⑥ ⑤

차 례

제2부   서울역 서측 : 구릉지와 철길

다섯 번째 걷기 **구릉 위 내려앉은 서울역 뒤 삶의 터전**

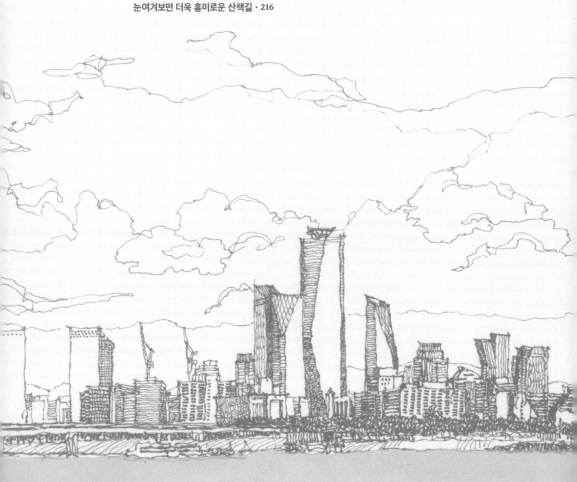

도시 걷기의 시작

혼잡한 중앙홀을 지나 유리문을 나서자 쏟아지는 햇살에 도시는 온통 하얗게만 보였다. 빛에 익숙해지자 너른 광장과 버스 환승장 그리고 뒤죽박죽 들어선 건물들의 윤곽이 선명해졌다. 청록색 돔을 얹은 옛 건물과 빌딩 숲을 가로지르는 고가도로, 산 아래 자리한 마을 역시 뚜렷하게 보였다. 지금 나는 서울역 광장에 서 있다.

내가 처음 서울살이를 시작한 해는 1997년, 사상 초유의 외환위기로 나라 전체가 뒤숭숭하던 해였다. 대입 시험에서 낙방하여 재수를 하기 위해 상경했으니 나는 나대로, 나라는 나라대로 암울하기 그지없던 시절이었다. 시험 날짜가 다가오던 어느 날, 나는 불안한 마음을 다스리고자 당

▼ 서울역 광장

시 충정로에 있던 학원 주변을 정처 없이 떠돌았다. 그러다 당도한 곳이 마침 서울역이었다. 그곳엔 수많은 노숙자들이 있었다. 거리를 두고 지나갔음에도 누릿한 냄새가 코를 찔렀다. 광장 곳곳에 나뒹구는 소주병과 같은 그들의 처지를 보자 덜컥 겁이 났다. 나는 곧장 학원으로 돌아갔다. 그리고 그 후로 오랫동안 나는 서울역을 찾지 않았다.

비록 고약한 냄새는 재수생의 기억 속에 깊이 각인되었지만 서울역의 비참한 풍경은 그리 오래가지 않았다. 새천년이 시작되자 IMF의 지원금 전액이 상환되었고, 서울역 앞 노숙자들은 눈에 띄게 줄어들었다. 서울 역사 옆자리엔 유리와 철로 된 거대한 건축물이 새로 지어졌으며 역 주변에는 고층 업무시설과 대규모 주거시설이 우후죽순처럼 들어섰다. 서울

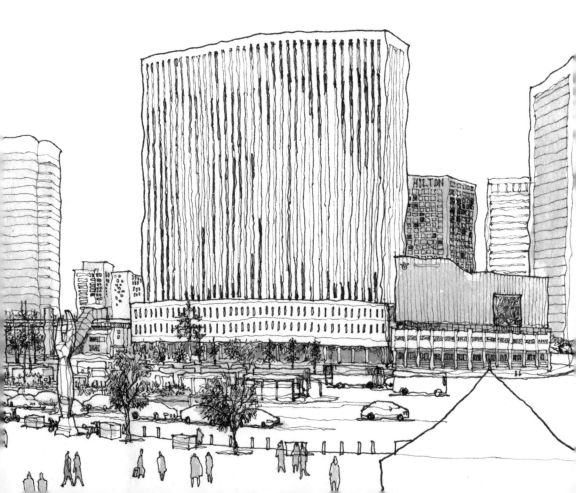

살이가 한 해 두 해 늘어날수록 서울역의 풍경도 조금씩 달라졌으며 서울역에 관한 나의 추억 역시 해마다 새로운 것들로 덮여갔다. 하지만 서울역과의 '날카로운 첫 키스의 추억' 때문이었을까? 나에게 서울역의 이미지는 여전히 불안하고 복잡하며, 정리 안 된 사진첩처럼 아무런 구분도 맥락도 없이 혼란스럽기만 했다.

서울역이 달리 보이기 시작한 것은 2013년 가을, 아내가 아이를 가진 후부터였다. 체중 관리를 위해 아내는 기회가 될 때마다 나에게 걸으러 나가자고 제안했다. 당시 우리 집은 서울역에서 그리 멀지 않은 곳에 있었다. 서울역은 서울 어느 방향으로든 길이 나 있었기에, 우리는 그곳을 기점으로 본격적인 다이어트 워킹을 시작하였다. 가을과 겨울이 지나고 봄이 찾아왔지만 아내와 나는 걷기를 멈추지 않았다. 나태주 시인이 말했다. "오래 보아야 사랑스럽다. 너도 그렇다." 그리고 조선 시대의 문인 유한준은 이렇게 말했다. "사랑하면 알게 되고, 알면 보이나니, 그때 보이는 것은 전과 같지 않으리라."[1] 맞는 말이다. 오래, 그리고 자주 보니 서울역과 그 주변 동네에 대한 인상이 달라지고 애정이 생겼다. 애정이 생기니 예전엔 보이지 않던 것들이 보이기 시작했고, 서울역에 대해 더욱 관심을 갖고 이것저것 알고 싶어졌다. 도시 걷기의 즐거움을 깨달은 것이다. 《걷기의 인문학》을 쓴 리베카 솔닛은 도시를 언어에 비유하며 "걷기는 그 언어를 말하는 행위"라 하였다. 이렇게 '도시 걷기'는 원시적인 '이동 수단'이나 가벼운 '운동' 이상의, 도시를 이해하기 위해 시작해야 할 가장 기본적인 활동이라 할 수 있다. 임신한 아내와 뱃속의 아이 덕에 본격적으로 시작한 다이어트 워킹, 아니 '도시 걷기'로 인하여 내가 살고 있는 도시에 대한 사랑과 이해가 시작된 것은, 어찌 보면 너무나 자연스러운 결과였다.

비호감이 호감으로 전환되자 가장 먼저 궁금해진 것은 다름 아닌 서울역의 '역사(歷史)'였다. 서울역은 언제부터 이곳에 자리하고 있었을까? 대한민국 수도 서울의 상징적 관문, 서울역의 시작은 19세기 말로 거슬러 오른다. 대한제국 황제 고종은 국가 근대화와 외교 확대를 위해 수도 한양과 인천 항구를 잇는 철도 건설을 추진하였고, 우여곡절 끝에 1900년 한반도 최초의 철도인 경인선 전 구간이 완공되었다. 서울역은 그렇게 들어선 경인선 기차역 10곳 중 하나였다. 개통 초기에 서울역은 경인선의 시·종착역이 아니었으며, 명칭 또한 '서울역'이 아닌 '남대문역'이었다. 심지어 역 건물은 10평 남짓한 간이 정거장 규모에 불과해 지금 생각하는 '서울의 관

▼ 문화역서울 284(옛 서울역사)

문'과는 거리가 멀었다. 하지만 20세기 초 서울역 주변 동네가 일본인들의 주된 활동 무대가 되고 역 이용객이 증가하면서 상황은 달라졌다. 이어 1925년 기존 역사(驛舍) 옆자리에 한반도 최대 규모의 새로운 역사가 완공되고, 역 명칭 또한 '경성역'으로 격상됨에 따라 서울역은 명실공히 서울을 대표하는 기차역으로 거듭나게 된다. 이후 서울역은 해방과 6·25전쟁, 1960~70년대 국가 산업화, 1980년대 민주화운동, 1990년대 말 외환위기를 거쳐 2000년대 이후 오늘에 이르기까지, 대한민국 근현대사의 주요 현장으로 자리하며 바람 잘 날 없는 시간을 보내왔다.

역사에 대한 막연한 궁금증은 서울역과 그 주변을 이루는 물리적 환경, 즉 '도시'●의 생성과 변화로 구체화되었다. 서울역 주변의 건축물, 광장, 도로, 교각, 각종 시설물 등은 어떤 과정을 거쳐 지금과 같은 모습으로 자리하게 되었을까? 전근대 도시에서 근대 도시로 나아가는 과정 중 서울이 맞이한 첫 시대는 안타깝게도 일제강점기였다. 나에게 '서울역' 하면 가장 먼저 떠오르는 건축물은 옛 경성역사, 지금의 '문화역서울 284'이다. 번잡한 현대 도시 속, 화려한 고전미를 뽐내는 이 르네상스풍 건축물은 일본의 자본과 기술에 의해 탄생하였다. 하지만 해방과 함께 서울은 또 다른 변화를 맞이했다. 사람들은 서울로, 서울로 몰려들었다. 서울역 앞 양동, 지금의 밀레니엄힐튼 서울 호텔과 그 주변 동네는 그 시절 난립한 수많은 판자촌 중 하나였다. 해방의 기쁨도 잠시, 이내 전쟁이 터졌고 수도는 파괴되

● 정확히는 '도시를 이루는 건축물과 구조물, 시설 등'을 의미한다. '도시'는 물질적 구성 요소뿐 아니라 비물질적 시스템까지 아우르는 복합적이고 광범위한 의미를 갖고 있다.

었다. 세종대로 초입, 유독 낡고 초라한 상가건물군은 아이러니하게도 전쟁 직후 도시 미관 개선과 도시 재건을 목적으로 정부 주도하에 건설되었다. 전쟁 복구 후에는 통과의례처럼 개발만능주의가 서울을 지배하였다. 광장 앞을 답답하게 가로막은 서울스퀘어(구 대우센터빌딩)는 1970~80년대 도심재개발사업의 결과물로, 그 시절 정부와 기업의 결탁하에 수많은 건축물과 도시시설이 마구잡이로 들어섰다. 오래지 않아 개발만능주의에 대한 향수와 반성이 공존하는 시대가 찾아왔다. 동자동 불량 주거지는 고급 아파트로 재개발되었지만 서울역 옛 역사는 전시관으로 살아남았다. 도시재생이라는 개념도 등장하였다. 차량이 달리던 고가도로에는 나무가 심기고 보행자만을 위한 산책길이 조성되었다. 이렇게 서울역과 그 주변의 물리적 환경은 시대적 상황과 긴밀하게 엮이며 꾸준히 생성, 변화하였다.

도시의 생성과 변화에 대한 궁금증은 비단 서울역뿐 아니라 그 너머 주변 동네들로 확장되었다. 그렇게 서울 구석구석, 이곳저곳을 반복적으로 걷고 궁금한 것들을 하나하나 찾아보며 알게 된 것은, 각 동네마다 긴밀하게 엮인 시대와 그 시대의 특성이 뚜렷하게 존재한다는 점이었다. 어찌 보면 이는 너무나 당연하고 상식적인 일이다. 특정한 동네의 물리적 환경은 그것이 생성되고 개발된 특정 시대에 전적으로 의존하기 때문이다. 어쨌거나 나는 그러한 시대를 단순화하여 (주관적인 나의 관점에 따라) 19세기 말부터 1945년까지의 조선 말 '일제강점기', 그리고 1960년대 중반부터 1990년대 초 '개발 시대', 마지막으로 도시의 새로운 방향을 모색하던 '2000년대 이후'로 구분해보았다. 그중 '2000년대 이후'는 도시를 바라보는 시각이 판이하게 달랐던 세 서울시장의 재임 기간에 따라 2000년대와

2010년대로 세분화했다.

이러한 세 시대(일제강점기, 개발 시대, 2000년대 이후)의 틀 안에서, 나는 내가 걸었던 서울을 역사, 정치, 사회, 도시, 건축 등의 이야기로 '언어화'하고자 노력했다. 하지만 안타깝게도 언어화할 수 없는 것들이 있었다. 그것은 바로 남산 아래 구릉지 동네, 후암동 골목길과 같이 나에게 복잡미묘한 감흥을 불러일으킨 수많은 풍경들이었다. 나의 부족한 필력으로는 도무지 그것들을 언어화할 수 없었다. 철학자 비트겐슈타인은 "말할 수 없는 것에 관해서는 침묵해야 한다"고 했다. 그럼 나는 그냥 입을 다물고 있어야 할까? 다행히도 내가 찾은 방법은 '도시 스케치'였다. 말할 수 없는 것들은 그림으로 그렸다. 이는 나의 시선으로 바라본 서울의 재해석이자 내가 읽은 서울이란 이야기책의 필사 행위와 같았다. 나는 내가 다녀갔던 길과 동네들의 말할 수 없는 인상을, 문학청년이 애장하는 소설을 필사하듯 하나하나 종이 위에 옮겼다.

다시 앞으로 돌아가서, 나는 왜 지금 서울역 광장에 서 있는가? 그것은 바로 사랑을 품고 걸었던 도시, 서울을 내 나름대로 정리하기 위함이다. 이것은 나의 아이가 태어난 이후 육아를 위해 서울살이를 접고 고향으로 돌아가야 한다는, 지극히 개인적인 사연 때문에 시작된 것이지만, 짧지 않은 시간 머물며 깨닫게 된 이 도시의 가치를 가급적 많은 사람들과 공유하기 위함이기도 하다. 그리고 그 공유를 위한 첫 시작점이 바로 여기 서울역이다.

본격적으로 걷기 전에 시야를 좁혀 주위를 둘러보니 도시경관을 수

서울로7017

도심 속 노후 고가도로를 공중 정원과 산책로로 재생하는 비일상적 변화는 1993년 완공된 프랑스 파리 '프롬나드 플랑테 (Promenade Plantée)'에서 처음 시도되었다. 2009년에 1차 준공된 뉴욕 맨해튼의 '하이라인 파크(High Line Park)' 역시 수많은 시민과 관광객이 몰려드는 도시재생의 상징이 되었다. 2014년, 뉴욕 하이라인 파크를 방문한 박원순 시장은 그 자리에서 서울역고가도로의 공원화 사업, '서울로7017'을 공식 발표하였다.

평으로 가로지르는 공중 보행로, 서울로7017이 가장 먼저 눈에 들어온다. 나에겐 공중 보행로로 리모델링되기 이전, 자동차가 달리던 서울역고가도로가 더 익숙해서 그런지, 고가도로 위 듬성듬성 심긴 조경수와 그 사이로 유유히 걸어가는 사람들의 모습이 초현실주의 회화처럼 비현실적으로 느껴진다.

서울로7017에 올라와 서울역 주변을 둘러보니 감회가 새롭다. 수많은 차량이 분주하게 오고 가던 서울역고가도로 시절, 스치듯 빠르게 넘겨버린 차창 밖 풍경들도 이제는 천천히 걸으면서 진득하게 볼 수 있는 보행 경관이 된 것이다. 차를 타고 지날 때는 주행하는 방향으로만 고정되던 나의 시선이, 두 다리로 걸으며 천천히 둘러보니 사방으로 확장된다. 남북으로 시원하게 뻗은 한강대로와 통일로, 도심을 향해 맹렬하게 돌진하는 세종대로, 서울로 방향으로 이어지는 퇴계로 등 서울역 주변 도로망이 이제야 전체적이고 종합적으로 나의 머릿속에 그려진다. 빠르게 지나칠 때는 수많은 건축물과 도시시설물이 그저 두서없는 덩어리와 불편한 외곽선으로 인지되었지만, 산책로를 따라 천천히 걸으며 바라볼 땐 각각 하나의 객체로 보이며 '지금과 같은 모습을 하게 된 데에는 각자 나름의 사정이 있었겠거니' 마음을 열게 된다. 역시 '자세히' '오래' 보는 것이 도시 걷기의 기본자세임을 재차 확인한다.

서울로 중간 지점쯤에서 앞으로 걸어가볼 서울 도심을 바라본다. 호기롭게 뻗은 세종대로와 수많은 건축물, 간판, 자동차에 정신이 팔려 큰길이 비켜간 자리에 서 있는 옛 건축물의 존재를 뒤늦게 깨닫는다. 고층 빌딩과 넓은 도로에 둘러싸여 다소 기가 죽은 듯 보이는 저 건물은 500년 유구

▲ 세종대로 초입 상가건물군(좌)과 숭례문(우)

한 시간 동안 조선 수도 한양의 실질적인 관문이었던 대한민국 국보 1호,
숭례문이다.

　　세종대로를 따라 숭례문 가까이 다가가니 멀리서 볼 때와는 사뭇 다
른 느낌이다. 날렵하면서도 묵직한 지붕 선, 섬세한 공포, 두께감이 살아
있는 석재의 조화는 변함없는 아름다움과 깊은 감동을 준다. 화려한 건축
물이 넘쳐 나는 오늘날에도 단연 돋보이는 숭례문일진대 조선 시대 한양
에 당도한 이가 처음 마주한 숭례문의 위용은 가히 대단했을 것이다.

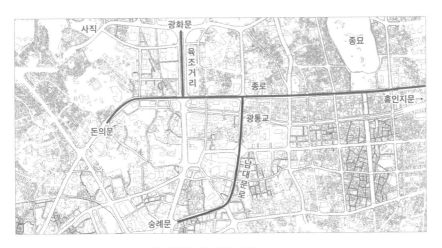

▲ 조선 시대 한양 도시 구조의 기본 골격인 세 개의 큰길

한양 마스터플랜의 기본 골격은 종묘와 사직, 궁궐(경복궁), 성곽 그리고 세 개의 큰길*로 이루어져 있다. 이러한 성곽과 남쪽 큰길이 만나는 지점에 숭례문이 자리한다. 숭례문은 종묘와 사직, 경복궁이 완공된 이듬해인 1396년(태조 5년)에 공사에 들어갔다. 화강석 석축을 견고하게 쌓고 그 위에 우진각 지붕 2층 누각을 짓는 데 꼬박 2년이 걸렸다. 그렇게 정성스레 지어진 숭례문은 이후 500년의 긴 시간 동안 한양의 주요 관문이자 교통의 요지로 자리하였다.

비록 '수도의 관문'이란 상징은 더 이상 유효하지 않지만 오늘날 숭례

● ① 광화문 앞 육조거리, ② 종로, ③ 종로에서 광통교를 지나 숭례문까지 이어진 길, 즉 오늘날의 남대문로. 이렇게 세 길을 가리킨다.

문은 변함없는 교통의 중심지이다. 숭례문을 중심에 놓고 북쪽으로 태평로(현 세종대로), 동쪽으로 남대문로, 남쪽으로 소월로, 서쪽으로 칠패로가 나 있으며, 남서쪽으로 세종대로가 숭례문을 중심으로 방사형으로 이어져 있다. 수많은 차량과 사람들은 오늘도 변함없이 숭례문으로 모였다가 각기 다른 목적지를 향해 사방으로 흩어진다.

이 많고 많은 길 중 나는 어디로 가야 할까? 어느 동네로 가야 하며 어떠한 관점에서 바라볼 것인가? 본격적인 도시 걷기에 앞서 이와 같은 질문이 중요한 이유는, 나의 도시 걷기 경로가 뚜렷한 주제 의식과 목표를 향해 일사불란하게 나아가지 않고, 우연과 즉흥의 영향을 많이 받았기 때문이다. 물론 걷기를 시작하기 전에 대강의 경로와 큰 방향은 정해두었다. 그러나 실제로 걷기를 할 때엔 경유지나 목적지가 달라지곤 했다. 자가당착처럼 들리겠지만, 우연성과 즉흥성은 뜻하지 않은 발견과 만남을 가능케 한다는 이유에서 도시 걷기의 중요 덕목이라 나는 생각한다. 그래서 역설적으로, 공간을 이동하거나 시대를 바라보는 순서와 같은 도시 걷기의 느슨한 기준이 필요하다. 우연을 가장한 필연이라고나 할까? 우선 어디로 가야 할지 막막하게 느껴질 때는 구체적인 기준점을 정하는 것이 유용하다.

이 책에서는 서울역을 기준점으로, 동측 동네와 서측 동네를 각각 1부와 2부로 구분하였다. 먼저 1부에서는 공간적으로 숭례문을 중심으로 각각 북·동·남, 세 방향을 따라 도시 걷기를 시작할 것이다. 경로의 결정은 기본적으로 방위를 따르지만 인접한 동네 중 시대적 특성(시대성)이 도드라지는 장소를 선택하여 발걸음을 이어갈 것이다. 아울러 시대적으로는 일제강점기에서 시작하여 개발 시대, 2000년대 이후와 같이 순차적인 시대성의 틀로 다음 경로를 정하고, 경관을 읽으며, 그림을 그릴 것이다. 공간은 연속적으로, 시대는 거의 순차적으로 이동할 것이기에 숭례문에서 멀어져 발걸음이 길어질수록 시대는 과거에서 현재로 점점 가까워질 것이다. 그렇게 한 경로가 마무리되면 다시 숭례문으로 돌아와 새로운 경로를 시작할 것이다. 한편 2부에서는 서울역의 서쪽에 위치한 동네들을 구릉지와 철길 위주로 걸어볼 것이다. 이에 대한 사유와 경로는 2부 도입에서 다시 자세하게 언급하겠다. 1부와 달리 구릉지와 철길이라는 공간적 특성을 공유하기에, 시대성은 다소 순차적이지는 못하지만 전체적 맥락을 보았을 때 큰 무리 없이 연결될 것이다.

지금까지 나의 도시 걷기를 함께하기 위해 기본적으로 알아야 할 사연과 상황, 조건, 기준 등에 대해 다소 장황하게 언급을 했다. 말이 많았다. 이제 본격적으로 도시 속으로 걸어 들어가보자.

제1부

서울역 동측 : 도심과 남산

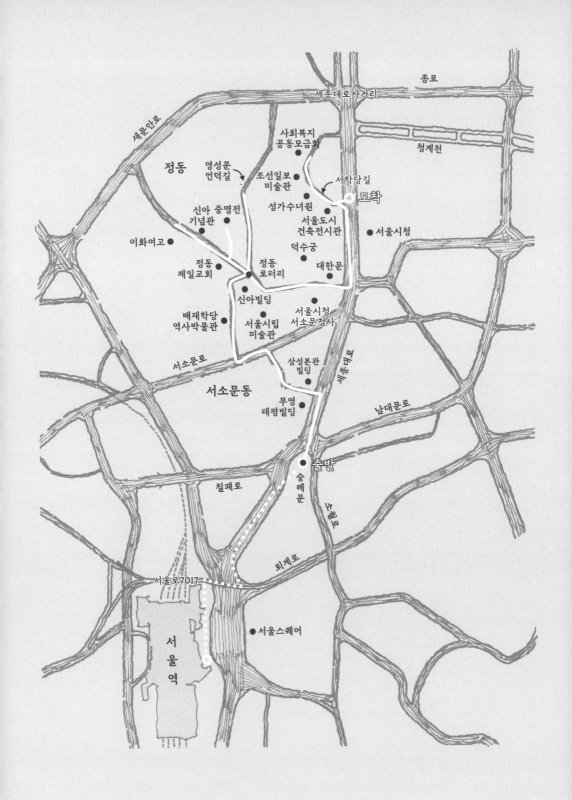

종로

세종대로사거리

세문안로

청계천

정동

영성문
언덕길

사회복지
공동모금회

서학당길

조선일보
미술관

도착

신아 중명전
기념관

성가수녀원

서울도시
건축전시관

서울시청

이화여고

덕수궁

정동
제일교회

정동
로터리

대한문

신아빌딩

배재학당
역사박물관

서울시립
미술관

서울시청
서소문청사

서소문로

서소문동

세종대로

삼성본관
빌딩

남대문로

부영
태평빌딩

출발

칠패로

숭례문

소월로

퇴계로

서울로7017

서울역

서울스퀘어

첫 번째
걷기

붉은 벽돌로 조응한
근대와 현대의 커

서소문동,
정동 일대

　문득 궁금하다. 숭례문은 어쩌다가 '수도 관문'의 지위를 잃게 되었을까? 일반적인 역사의 단계를 생각하면 답은 간단하다. 전근대 성곽도시가 근대도시로 발전함에 있어 성벽의 붕괴는 불가피한 과정이다. 근대 이전 성곽은 도시를 보호하는 장벽으로 기능하였지만 근대에 이르러 성곽은 도시 확장과 교통망 연결을 방해하는 장애물로 전락하였기 때문이다. 물론 숭례문과 주변 성곽 역시 이러한 시대적 맥락에서 크게 벗어나지 않지만 조금 더 구체적인 사연을 들여다볼 필요가 있다.

　숭례문은 500년이 넘는 조선의 역사 동안 크고 작은 내란과 외세의 침략을 겪으면서도 성곽도시 한양의 주요 관문으로서 존재해왔다. 그런데 1907년 일본 황태자의 한양 방문을 준비하는 과정에서 숭례문 북쪽 성벽이 철거되고 차가 다닐 수 있는 넓은 길이 새로 났다. 황태자의 위신과 보안 확보가 이유였다. 거기에 더하여 이듬해 남쪽 성벽까지 철거되면서, 한양에 입성하기 위해 반드시 거쳐야 했던 숭례문은 아이러니하게도 반드시 피해 가야 하는 장애물이 되었다.

　일본의 황제도 아닌 황태자의 방문을 위해, 그것도 강제 점거가 시작도 되기 전부터, 500년 역사를 자랑하던 한양도성이 허무하게 철거됨을 지켜볼 수밖에 없던 대한제국 국민들의 마음은 비통하고 을씨년스럽기 그지없었다. '을씨년스럽다'는 말 자체가 을사년(1905년)에 있었던 슬프고 치욕적인 사건에서 유래한 것이었다. 그러한 대한제국의 시대적 상황과 을사년의 치욕을 막연하게나마 더듬어볼 수 있는 장소가 숭례문에서 그리 멀지 않은 곳에 있다. 북쪽, 직선거리로 500미터가 채 떨어지지 않은 데에 있는 정동과 정동길이 바로 그곳이다.

세종대로에서 부영태평빌딩과 삼성본관빌딩 사잇길로 들어서 북쪽으로 걷다 보면 서소문로를 가로질러 금세 서소문로11길 길목에 이른다. 완만하게 경사져 오르는 길과 아름드리나무, 서양식 옛 건물(배재학당 역사

▼ 숭례문 뒤편 늘어선 신한은행 본점, 부영태평빌딩, 삼성본관빌딩

▼ 서소문로11길과 배재학당 역사박물관(붉은색 건물)

박물관)이 고풍스러운 풍경을 자아낸다. 왠지 저 고개를 넘으면 시간 여행을 하여 조선 말기 정동 옛 거리로 되돌아갈 수 있을 것만 같다. 외세의 유입이 본격화된 19세기 말부터 한일 강제 병합이 이루어진 20세기 초까지 한반도 침탈과 그에 대한 저항의 역사가 압축적으로 담겨 있는 공간이 바로 이곳 정동•이다.

정동의 옛 명칭인 '정릉동'은 조선을 건국한 태조 이성계의 두 번째 부인이자 조선의 첫 왕비인 신덕왕후 강씨의 능묘 '정릉'이 이 동네에 자리했던 사실에서 유래하였다. 하지만 정릉은 정동에 이름으로만 남게 되었다. 태종 이방원이 '왕자의 난'을 일으켜 왕의 자리에 오르면서 세자 책봉 문제로 갈등을 빚었던 계모 신덕왕후의 무덤을 도성 밖, 오늘날의 성북구 정릉동으로 이장시켰기 때문이다. 이렇게 정동(貞洞)의 역사는 '곧은(貞, 곧을 정) 마을'이란 동네 이름과 달리 조선 초기부터 굴곡진 정쟁으로 시작되었다. 마치 조선 말기 정동에서 벌어질 비극의 역사를 예고하는 것처럼.

정동의 가로망은 'ㄴ' 자로 꺾인 덕수궁길 꼭지점에 정동길과 서소문로11길이 연결되어 불교의 상징 '卍' 자와 유사한 형상을 하고 있다. 정동의 외부 도로인 세종대로, 새문안로, 서소문로에서 각각 갈라져 나온 네 개의 길은 마치 중력에 의해 빨려 들듯이 정동로터리로 수렴되었다가, 다시 원심력에 이끌리는 것처럼 로터리를 중심으로 외부로 뻗어나간다. 국부적으

• 우리가 흔히 정동이라 부르는 지역은, 법정동상의 중구 정동과 서소문동 일부에 해당하고, 행정동상의 소공동 중 서소문로 북측 지역 일대에 해당한다.

▲ 정동로터리 옆 정동제일교회

로 본다면 정동로터리는 성격이 다른 여러 길들이 만나는 교차로이자 형상이 고르지 못한 길의 모퉁이일 뿐이다. 하지만 정동 전체의 공간 구조를 봤을 때 이곳은 정동의 역사를 음미할 수 있는 시·종착점이자 혼재된 역사의 켜를 구분 짓는 기준점이라 할 수 있다.

이러한 정동로터리와 네 길에 자리한 건물들은 한 가지 공통점을 갖고 있다. 바로 건축물 외벽면의 재료, 붉은 벽돌이다. 앞서 지나쳤던 배재학당, 정동제일교회, 그리고 앞으로 걸으며 지나치게 될 다양한 정동의 건축물들은 서로 다른 양식과 형상을 하고 있음에도 외벽면의 재료만큼은 모두 붉은색 벽돌을 채택했다. 정동에 지어진 건축물들이 하나같이 적벽돌을 외장재로 받아들인 이유는 조선 말 정동의 외교 역사와 깊은 관련이 있다. 뭐든지 처음이 중요하다. 1883년 미국공사관이 정동●에 처음으로 정착한 이후 연이어 영국, 러시아, 프랑스공사관이 자리 잡으며 정동은 자연스럽게 서구 열강의 외교 타운이 되었다. 각국의 공사들은 정착 초기, 번듯한 서양식 건물이 아닌 기존 한옥을 개보수한 건물에 입주하였다. 근대건축물에 익숙한 서양인에게 한옥은 불편하기 짝이 없었다. 이에 영국 공사는 정동에 새로운 서양식 공사관을 짓기로 결정하고 그 설계를 중국 상해에 있는 상해건설국(上海建設局)에 맡겼다. 마침 상해에서는 영국 건축양식이 유행하고 있었는데 당시 영국 건축물은 붉은색 벽돌 마감이 주[1]를 이루고 있었다. 그리하여 영국공사관 역시 자연스럽게 붉은색 벽돌로 설계되

● 초대 미국 공사인 푸트는 조선에 거주 중이던 독일인 묄렌도르프에게서 공사관의 입지로 정동을 추천받았다. 서양인들은 지리적으로 안전을 확보할 수 있는 지역을 원했고, 고종은 조선인과 서양인의 생활 영역을 분리하고자 했다. 정동은 이 조건들을 충족하는 장소였다.

▲ 정동로터리와 면하고 있는 신아빌딩(좌), 정동제일교회(우)

었다. 역시나 시작이 중요하다. 연이어 새로 지어진 프랑스, 러시아공사관
의 외장재는 한결같이 적벽돌로 결정되었다. 공사관뿐이 아니었다. 조선
말 정동 내 들어선 정동제일교회 예배당, 이화학당 메인홀, 손탁호텔 모두
비록 건축양식은 다를지언정 건축 재료만큼은 하나같이 적벽돌을 선택하
였으며, 일제강점기 정동에 지어진 세무총사(관세청, 현 신아기념관) 역시 예

외 없이 적벽돌로 건축되었다. 이렇게 조선 말과 일제강점기를 거치며 정
동 곳곳에 들어선 근대건축물들이 모두 적벽돌을 사용함으로써 적벽돌은
근대화된 서양건축의 상징이자 정동의 건축 콘텍스트가 되었다. 일제로부
터 독립한 이후에도 정동극장, 신아빌딩, 이화여고 100주년기념관, 프란치
스코 교육회관, 이화정동빌딩, 국토발전전시관 등 정동에 신축된 대부분

의 건물이 적벽돌로 시공된 것은 그런 맥락에 따른 것이었다.

　　덕분에 정동길엔 사방이 벽돌 천지다. 그럼에도 건축 경관이 지루하거나 단조롭다고 느껴지지 않는다. 이는 아무래도 건축물의 형상에서부터 벽돌의 쌓기 방식, 질감, 색상 그리고 건물마다 담긴 사연이 모두 미묘하게 다르기 때문일 것이다. 특히 오래된 건물일수록 붉은 벽돌, 그것이 담고 있는 거친 물성은 거장의 추상화처럼 인상적이다. 벽돌 한 장 한 장, 줄눈 한 줄 한 줄마다 깊디깊은 정동의 시간이 고스란히 담겨 있는 것만 같다.

▲ 신아기념관(좌)과 그 주변

　　남아 있는 건축물의 역사는 벽돌에 쌓인 시간으로 가늠해보겠지만
남아 있지 않은 건축물의 역사는 아쉬우나마 표지석으로 짐작해야 한다.
정동길 중간 지점, 정동 32-1번지에 자리한 이화여자고등학교 부지에는
심슨기념관(1915년 준공)과 본관(1970년 준공) 그리고 교내에서 가장 최근에
지어진 100주년기념관(2004년 준공), 세 개 동이 웅기중기 모여 있다. 그중
100주년기념관 북측, 지하주차장 출입구 옆엔 조그마한 표지석 하나가 마
치 죄라도 지은 듯 조용하게 숨어 있다. 왠지 사연이 많아 보이는 표지석엔

▲ 이화여자고등학교 심슨기념관(좌), 본관(뒤편), 100주년기념관(우)

음각으로 '손탁호텔 터'라 적혀 있다.

　　전통적으로 중국(19세기 말, 청나라)은 조선 및 동아시아에 가장 큰 영향력을 행사하는 국가였다. 하지만 19세기 말 동아시아 국제질서는 서구 열강과 일본제국을 중심으로 재편되기 시작했다. 조선 역시 일본과 체결한 강화도조약(1876년)을 시작으로, 미국(1882년), 영국(1883년)과 연달아 수교를 맺자 청나라는 위기의식을 갖고 조선에 대한 내정간섭을 강화한다.

고민이 깊어진 조선은 이런 청나라를 견제하기 위해 1884년 러시아에게 손을 내밀고, 이에 러시아 정부는 카를 이바노비치 베베르를 러시아 초대 공사로 조선 땅에 파견한다. 그가 조선에 입국할 당시, 그의 수행원 중에는 그의 처형으로 알려진 앙투아네트 손탁도 포함되어 있었다. 손탁은 궁에서 양식 조리와 외빈 접대 업무를 맡으며 뛰어난 사교성과 넓은 인맥으로 고종의 신임을 얻었다. 그러한 신임을 바탕으로 고종은 손탁에게 정동

29번지 터를 하사하게 되고 손탁은 그 위에 서양식 2층 건축물, 손탁호텔을 신축(1902년 준공)한다.

손탁호텔은 당시 흔치 않은 서양식 호텔인 데다가 각국 공사관이 몰려 있는 정동에 자리하고 있었으며, 손탁이 주관하는 사모임 역시 빈번하게 열리던 곳이어서 한반도를 찾은 각국의 정치인, 외교관, 관리인이 즐겨 찾는 '핫플레이스'가 되었다. 정치가 윈스턴 처칠이나 작가 마크 트웨인이 조선 방문 시 손탁호텔에 투숙했다는 일화는 조금 엉뚱하기도 하지만 그 시절 손탁호텔의 위상이 어느 정도였는지 짐작하게 한다. 자연스럽게 손탁호텔은 각국 정치·외교 관계자의 밀담이 오고 가는 살롱 정치[2]의 현장이 되었다. 이러한 손탁호텔의 정치공간화는 고종이 손탁에게 호텔 부지를 하사하면서 그녀에게 맡긴 임무이기도 했다. 특히 조선 침략의 야욕을 노골적으로 드러내는 일본을 견제하기 위해선 이러한 비공식 외교 전략은 선택이 아닌 필수였다. 하지만 결과적으로 손탁호텔은 고종이 의도한 바와 달리 한반도 외교권 강탈의 현장이 되고 만다.

1905년 9월, 러일전쟁은 일본의 승리로 막을 내렸다. 세 달 뒤, 일본제국은 특파대신 이토 히로부미를 대한제국으로 파견하였다. 이토가 손탁호텔에 머무는 동안 조선의 주요 대신들은 호텔로 호출되어 온갖 회유와 협박을 받아야 했다. 대한제국 외교권 강탈을 위한 물밑 작업이 시작된 것이었다. 1905년 11월 17일, 결국 이토는 경운궁(덕수궁)* 내 중명전으로 자리를 옮겼다. 그리고 이튿날인 11월 18일, 중명전에선 나라의 운명을 뒤바꾼 을사늑약이 강제적으로 체결되었다.

▲ 국권 피탈의 현장, 중명전

　　중명전은 손탁호텔 터에서 덕수궁 방향으로 약 300미터가량 떨어진 곳에 자리하고 있다. 정동길에서 정동극장 서측면 좁은 길목으로 들어서면 단조로운 서양식 붉은 벽돌 건물 하나가 슬며시 보인다. 나라를 강탈당한 비극의 현장임에도 그 외관은 전혀 극적이지 않고 오히려 평범하여 당

● 덕수궁의 명칭은 원래 경운궁이었다. 1907년 고종이 일제에 의해 강제 퇴위된 후 경운궁에 머물자, 아들 순종은 아버지의 장수를 기원하며 덕수(德壽)로 궁의 이름을 변경하였다.

황스럽다.

1897년 10월, 고종은 나라의 이름을 조선에서 대한제국으로 변경하고 법궁 역시 경복궁에서 경운궁으로 옮기게 된다. 이때 궁의 규모가 크게 확장되는데, 중명전은 확장된 남서측 궁지에 새로 지어진 서양식 전각이었다. 원래 중명전은 수옥헌이란 이름의 단층 도서관으로 1898년 준공되었지만 화재로 소실되면서 1902년, 지금과 같은 2층 조적조(벽돌 쌓기) 건물로 새롭게 지어졌다. 이후 중명전은 황실 도서관과 외국 사절 접견실 등으로 사용되었으며, 1904년 경운궁에 대화재가 발생하였을 때는 고종의 집무실이자 숙소로도 쓰였다. 이처럼 중명전은 기울어져가는 국가의 기운을 힘겹게나마 지탱해준 상징적인 공간이었다. 하지만 아이러니하게도 동일한 공간에서 대한제국은 자주국가로서의 지위를 상실하게 된다.

동아시아 식민지화 야욕의 '걸림돌'이던 청나라와 러시아를 청일전쟁(1894~95년)과 러일전쟁(1904~05년)을 통해 차례로 물리친 일본은, 곧바로 대한제국으로부터 외교권을 박탈하고 통감부를 설치하여 내정을 장악하는 한일협상조약 체결을 추진한다. 본격적인 한반도 식민지화에 앞서 형식적으로나마 국제적인 명분을 얻기 위함이었다. 그리하여 같은 해 11월 17일, 중명전에서 시작된 협상은 자정을 넘겨 다음 날 새벽 2시까지 강행되었다. 상호 합의가 아닌 일제의 일방적인 요구에 의해 맺어진 늑약(勒約)이었다. 1905년 을사년에 체결되어 을사늑약이라고도 불린다. 이후 대한제국은 순차적으로 사법권, 행정권, 경찰권 등을 박탈당하고 1910년 8월, 결국 일본에 병합되어 일본의 식민지로 전락하게 된다. 을사늑약이 체결된 이후 1910년까지 약 5년의 시간은 식민지 조성을 위한 형식적인 절차와 준비 기간에 지나지 않았다. 그렇다면 이제 새삼, 고작 일본 황태자의 방문을 위해 숭례문 양옆을 허물 수밖에 없었던 이유가 분명해졌다. 이미 그때부터 자주국가 대한제국은 존재하지 않았으며 일본의 통치하에 간이며 쓸개며 뭐든 내줄 수밖에 없는 상황이었던 것이다.

현재 중명전은 덕수궁 궁궐 밖, 덕수궁길 서측 블록에 자리하고 있다. 1920년 일제가 덕수궁 북쪽 대문인 영성문을 철거하고 그 자리에 영성문 언덕길, 지금의 미국대사관 주변 덕수궁길을 새로 내면서 덕수궁은 반으로 쪼개졌다. 잘려 나간 서측 궁지는 민간에게 매각되었고 궁의 영역에서 벗어난 중명전 역시 역사적 의미와는 아무런 상관이 없는 사교 클럽이나 식당, 주차장 등으로 전전하였다. 해방 이후에도 중명전은 정부와 시민들의 무관심 속에 60년이 넘는 시간 동안 아무런 보전, 복원 없이 방치되었다. 지금과 같이 전 국민이 잊어서는 안 될 국가적 비극사의 전시관으로 부활한 시점은 놀랍게도 2010년이니 늦어도 너무 늦은 것이다. 다만 이제라도 복원되어 많은 사람들이 조선 말 을씨년스러운 역사를 구체적으로 기억할 수 있게 되었으니 그나마 다행이라 할 수밖에.

정동길을 걷다가 다시금 정동로터리에 이르면 덕수궁 돌담을 따라 북쪽으로 비탈져 이어진 덕수궁길이 보인다. 위에서 언급한, 중명전을 덕수궁 궁지에서 잘라내고 만든 바로 그 '영성문 언덕길'이다. 망국의 한이 서려 있는 길이지만 아이러니하게도 이 길은 일찍이 아름답고 낭만적인 분위기로 유명했다. 1954년 발표된 정비석의 소설 《자유부인》에서도 이 길은 '사랑의 언덕길' '자연의 터널(터널)' 등으로 칭송되었을 정도다. 70년이

▲ 영성문 언덕길

지난 오늘날에도 영성문 언덕길의 낭만적 분위기는 변함이 없다. 강산은
변했지만 덕수궁 담장을 따라 들어선 고목의 푸른 물결이 고즈넉한 고궁
과 저 멀리 현대식 고층 빌딩 사이의 부조화를 완화해준다. 달건 쓰건 품에
안아버리는 경관 속 고목의 힘이다.

　　덕수궁의 돌담은 로터리에 면한 월곡문을 지나 다시 은행나무가 우

거진 시청 방향 덕수궁길을 따라 대한문까지 이어진다. '덕수궁 돌담길'로 잘 알려진 이 길은 '연인과 함께 걸으면 헤어진다'는 속설로도 유명한데, 고풍스러운 돌담과 아름드리나무의 조화가 아름다워 오히려 '없던 사랑도 싹틀' 곳이다. 차도는 좁고 인도가 넓어 걷기 좋을 뿐 아니라 길 곳곳에 벤치가 놓여 있어 볕이 좋은 날 잠시 앉아서 쉬어 가기에도 좋다. 거리의 음악가가 담벼락 아래에서 즉석 공연이라도 하는 날이면 행인들은 잠시 발걸음을 멈추고 공연에 빠져든다.

높고 큰 나무들이 촘촘히 들어서서 인지가 잘 되지 않지만 이 아름다운 길에 면한 건물은 아쉽게도 (고풍스러운 붉은 벽돌 건물이 아닌) 1970년대 국제주의 양식의 서울시청 서소문청사다. 본관과 별관, 후생동이 무리를 이루고 있는데 아쉽게도 미학적으로나 건축학적으로 큰 의미를 찾을 수 없다. 다만 덕수궁 돌담길의 미관을 해친 것에 대한 보상이라도 하는 것처럼 청사 13층을 전망대로 조성하여 일반 시민들에게 개방했다.

전망대에 오르니 너른 창밖으로 덕수궁과 정동 일대, 그리고 영국대사관, 대한성공회 서울주교좌성당, 서학당로를 따라 들어선 건물들, 다시 그 너머 광화문과 청와대, 북악산, 북한산이 마치 시간에 의해 퇴적된 지층처럼 켜켜이 펼쳐진다. 지금까지 시간 여행이라도 다녀온 듯 조선 말기 을씨년스러운 분위기에 몰입하여 두서없이 정동을 배회하였다. 정신을 차리고 21세기 서울을 내려다보니 격변한 도시의 모습에 감회가 새롭다. 역사는 반복된다고 했던가? 하지만 을씨년스러운 정동은 단 한 번으로 충분하다.

▲ 서울시청 서소문청사 전망대에서 바라본 정동 일대와 그 너머 빌딩들

서학당길
(세종대로21길)

지금까지 조선 말과 일제강점기, 제국주의 알력 다툼이 도시조직(가로, 필지, 건축물)으로 드러난 정동을 걸었다면, 이제부터는 1960년대 시작하여 1990년대 초까지 이어진, 이른바 '개발 시대'의 정동을 걸어볼 것이다. 정동 서학당길은 성당과 수녀원, 미술관 등이 옹기중기 모여 있어 얼핏 '개발'하고는 아무런 관련이 없어 보이지만 이 길을 따라 들어선 건축물 대부분이 개발 시대에 지어졌다. 특히 그 시대를 대표하는 건축가인 김수근, 윤승중, 김원의 작품이 나란히 자리하고 있어 눈에 띈다. 같은 대학과 같은 건축사무실, 같은 지향점, 같은 재료(적벽돌)라는 공통점을 지닌 건축가들임에도 시대와 장소를 해석하고 그것을 건축화하는 방식에서 셋은 분명한 차이를 보였다.

대한문에서 세종대로를 따라 북쪽으로 200미터가량 걷다 보면 시대와 양식을 달리하는 세 건축물, 서울도시건축전시관, 서울특별시의회(옛 부민관), 그리고 대한성공회 서울주교좌성당의 콜라주가 시선을 사로잡는다. 이 건물들만 하더라도 할 이야기가 많지만 주목하고자 했던 또 다른 세 건축물들을 위해 말을 아끼고, 건물들 사이 좀처럼 눈에 띄지 않는 좁다란 일방통행길, 세종대로21길로 접어든다. 이 길은 '서학당길'이라고도 불리는데, 그 명칭은 조선 시대 공립학교인 서(西)학당의 터가 길 끄트머리에 자리했던 것에서 유래하였다. 또한 길 옆 고목과 적벽돌 건축물로 이루어진 정취가 정동길 못지않게 아름답고 운치 있다 하여 '작은 정동길'이라 칭하는 사람도 있다. 이러한 서학당길은 알파벳 'C' 형상으로 세종대로의 약 200미터 구간을 서쪽으로 우회한다. 길 동측엔 양식과 재료 그리고 길에 면하는 방식이 제각각인 건물들이 자리하고 있고, 서측엔 약속이라도 한 것처럼 붉은 점토벽돌 건물들이 나란히 들어서 있다.

대한성공회 서울주교좌성당을 지나쳐 완만한 경사로를 따라 조금 더 걷다 보면 대한성공회 성가수녀원과 조선일보미술관의 붉은 벽돌 마감이 중첩되어 마치 한 덩어리의 건축물처럼 보인다. 걸음을 멈추지 않고 비탈길을 따라 마저 걸음을 놀리면 건물들에 가려 보이지 않던 사회복지공동모금회 빌딩 역시 제 모습을 드러낸다. 성가수녀원, 조선일보미술관, 사회복지공동모금회 빌딩 이렇게 세 건축물이 바로, 조금 전 언급한 개발 시대의 흔적이자 이번 걷기의 주인공들이다. 길이 좁아서 건축물의 형상이 온전하게 보이지 않는다고 실망할 필요는 없다. 조선일보미술관 전면, 세모꼴의 열린 공간(TV조선 옆 쌈지공원)에 이르면 세 건물을 한자리에서 훤히 바라볼 수 있다.

가장 나중에 눈에 들어왔지만 제일 먼저 언급해야 할 건물은 사회복지공동모금회 빌딩이다. 원통형 구조의 수직성과 알루미늄 벽체의 수평성이 이루는 조화가 예사롭지 않다. 행여 직육면체로 완결되었다면 성가수녀원 쪽에서 바라보았을 때 신경질적인 모서리가 날을 세우고 있었겠지만, 건축가는 과감하게 모서리를 쳐냈고 그렇게 모따기 된 절단부에 가장 주

조선일보미술관(좌)과 ▶
사회복지공동모금회 빌딩(우)

된 정면성을 부여하였다. 그로 인해 건축의 입체감과 주변과의 조화를 동시에 살릴 수 있었다. 이와 같은 묘수는 '유명한 건축가'[3] 김수근이 두었다.

건축가 김수근, 그는 군사정권이 경제발전과 산업화, 도시화를 지상 목표로 삼고 서울과 전국 곳곳을 갈아엎던 개발 시대에 건축 권력의 중심에 서 있던 인물이다. 건축가로 활동하기 시작한 1950년대 말부터 간암으로 세상을 떠난 1980년대 중반까지 30년이 채 안 되는 기간 동안 그는 수많은 기념비적 프로젝트를 주도하면서 명실공히 대한민국을 대표하는 건축가로 이름을 알렸다. 고백하건대 나 역시 새내기 건축학도 시절, 그의 공간 사옥에 깊게 감동하여 그와 같이 훌륭한 건축가가 되겠노라 다짐하기도 했었다. 하지만 그가 반민주주의, 반인권 수사로 악명 높던 반공·치안 기관의 건축설계를 주도했던 사실이 알려지면서 그에 대한 평가 또한 엇갈리고 있다. 사회복지공동모금회 건물 역시 1979년 준공 당시 중앙정보부의 정동 분실로 지어진 것으로, '박종철 고문치사 사건'으로 잘 알려진 남영동 대공분실과 함께 그의 작품 중 가장 논란이 되고 있다.[4]

권력과 자본 앞에 종속적인 건축의 한계에 직면한 그는 저항 대신 협력을 선택했다. 그 때문일까? 김수근은 자신의 정치적 선택에 대해 변명이라도 하듯 건축 내부로 깊숙이 파고들었다. 그는 '인간화'와 '휴먼 스케일'과 같은 개념에 천착하였고 건축·예술 잡지 《공간》을 발행하였으며 문화·예술가들을 후원하였다. 특히 그는 많은 후배 건축인들을 양성하였는데 그중 이름을 알린 건축가들은 소위 '김수근 사단'이라 불리며 오늘날까지도 대한민국 건축계에 지대한 영향력을 미치고 있다.

    나머지 두 건물, 조선일보미술관과 대한성공회 성가수녀원 모두 김수근 사단의 작품으로, 각각 윤승중(원도시건축), 김원(광장건축)이 설계하였다. 두 건축가 모두 서울대 건축과를 졸업하고 김수근건축연구소에서 건축 실무를 익혔으며, 약속이라도 한 듯 30대 초반에 각자 사무실을 개업하여 김수근으로부터 독립했다. 이론과 실무가 동일한 기반 위에서 출발하였지만 두 건축가는 서로 다른 건축의 길을 걸었다. 정동에 자리한 두 건물만 보더라도 그렇다. 두 건물 모두 정동의 건축 기준이자 김수근이 사용한 재료인 붉은 벽돌을 수용하긴 했지만 각 건물이 지니고 있는 매스와 공간 구성은 확연한 차이를 보인다.

    조선일보미술관은 서울시가 올림픽 준비로 한창 분주하던 1988년 봄 완공되었다. 양옆에 자리한, 존재감이 강한 두 건축물 때문에 얼핏 평범해 보이지만 뜯어보면 뜯어볼수록 매력적인 건물이다. 질서 정연하고 규칙적인 직사각형 창호와 직육면체 매스는 분명 모더니즘 건축인데 그 위에 얹힌 지붕은 프랑스 파리 구시가지에서 흔히 보이는 17세기 바로크풍 망사르드(Mansard) 지붕이다. 고전건축 요소를 차용하여 탈모더니즘을 시도한 점에서 포스트모더니즘 건축이라고도 할 수 있겠다. 윤승중의 건축 대부분이 이렇다. 그가 설계한 대법원 청사, 제일은행 본점 모두 현대건축과 근대 이전 건축의 특징이 동시에 느껴진다. 하지만 그는 기둥과 창호 등의 건축 요소에 섬세한 질서와 균형을 부여하여 전체를 조화롭게 아우른다.

    조선일보미술관 바로 옆엔 역시나 붉은 벽돌로 지어진 대한성공회 성가수녀원이 도도한 자태를 드러내고 있다. TV조선 쌈지공원에 있는 카페 야외 테이블에 앉아 남측면에 자리한 성가수녀원을 바라보고 있으면

▲ 대한성공회 성가수녀원

기분이 좋아진다. 특히 해가 질 때 즈음, 서학당로 열린 공간에서 성가수녀원 벽돌 벽면에 스며든 깊고 짙은 저녁노을을 보고 있노라면 '건축은 빛과 벽돌이 짓는 시'[5]라던 김수근의 말이 새삼 떠오른다. 이 건물 역시 1980년대 후반에 설계되어 1990년 초반, 공사를 마무리하였다. 성가수녀원 역시 특정 양식이나 시대성에 국한되지 않는, 다양한 건축적 특징들이 발견된다. 서학당로 적벽돌 건축 3형제 중 가장 늦게 지어졌음에도 가장 전통적인 특성을 띤다. 외쪽 지붕과 벽면 깊숙이 관입된 빈 공간은 현대건축에서 즐겨 쓰는 매스 형상이지만, 8각 탑과 가로로 길게 이어진 석재 벽면은 중세 유럽의 성이나 조선 시대 성곽을 떠올리게 한다. 특히 서학당길에 면한 건물의 일부는 엉뚱하게도 한옥 대문으로 되어 있다. 건축가 김원은 '한옥에서 시작된 정동 성공회성당 주교관과 주요 건물에 대한 기억을 살리고자'[6] 옛 한옥식 성공회성당의 솟을대문을 철거하지 않고 성가수녀원의 동측 벽면에 그대로 남겨두었다고 한다. 서구식 건축물에 박혀 있는 한옥의 편린이 조금은 어색한 콜라주처럼 보이기도 하지만 지역성과 역사성에 대한 그의 섬세한 관찰과 배려, 과감한 시도는 오늘날 후배 건축가들이 갖추어야 할 중요한 자질임에 틀림없다.

지금까지 지나온 세 건물은 각각 1970년대 중반, 80년대 중반, 80년대 후반의 시간순으로 설계되었지만 그 형상과 양식은 건축사의 역순을 따르고 있어 흥미롭다. 가장 오래된 김수근의 건축이 유리와 알루미늄 같은 현대적 재료로 국제성과 모더니즘을 강조했다면, 윤승중의 건축은 망사르드 지붕으로 전근대성을 부각하여 모더니즘에서 탈피하고자 했으며,

김원의 건축은 한술 더 떠 한옥 솟을대문을 보존하여 지역성과 전통성을 살렸다. 단순히 이 세 사례만 놓고 대한민국 건축계가 국제주의에서 지역주의로 전환되었다고 하기엔 무리가 있을지 모른다. 하지만 이미 도시 속 수많은 건축물들이 자연환경처럼 주어진 오늘날, '서울'이란 도시가 품고 있는 고유한 '지역성'은 '좋은 건축'이 고려해야 할 중요한 조건이 되었다고 본다. 그런 맥락에서 세 건축의 차이와 변화가 앞으로 다가올 시대에 대한 암시이자 방향성 제시였다고 함은 과장된 해석일까? 일단 나는 그렇게 믿고 싶다.

정동에서의 도시 걷기는 여기까지 하련다. 그동안 조선 말기와 개발 시대의 흔적이 농후하게 묻어 있는 동네들을 걸어왔다면 이제부터는 그 이후 새로운 양상의 변화를 맞이한 동네들을 다녀가는 것이 좋겠다. 1990년대부터 곳곳에서 조용하고 은밀하게 시작된 변화는 2000년대에 들어서 조금은 복잡하고 두서없이 전개되었다. 갈 길이 멀다. 그리하여 나는 정동을 벗어나 다시금 처음 도시 걷기를 시작했던 세종대로로 향한다.

▼ 성가수녀원의 솟을대문과 서학당길

THE PLAZA

건축가를 건축가라 부르지 못하고

서울스퀘어(옛 대우센터빌딩)
중구 한강대로 416

서울역 동문을 나섰을 때 무엇보다 강하게 시선을 사로잡는 것은 옛 서울역사도, 서울로7017도 아니다. 바로 서울스퀘어, 옛 대우센터빌딩이다. 순박하리만치 거대한 직육면체의 건축물은 저리도 당당하게 자리하고 있는데, 무슨 이유에서인지 어느 누구도 '저 건축물이 내가 설계한 것이오' 하고 나서지 않는다. 기원전 로마 시대 건축물조차 그 건축가가 오늘날까지 전해지는데, 지어진 지 반세기도 되지 않은 저 거대한 건축물의 건축가를 알 수 없다니 미스터리도 이런 미스터리가 없다. 아버지를 아버지라 부르지 못하고 내 설계를 내 설계라 밝히지 못하는, 납득하기 어려운 사연이 담긴 건축물. 바로 서울스퀘어의 전신 대우센터빌딩이다. (정림건축 리모델링 설계)

존재의 이유

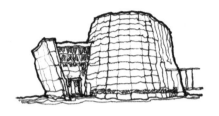

우정아트센터(옛 삼성미술관 플라토)
중구 세종대로 55

태평로 남측, 거대한 빌딩들 사이로 우유 빛깔 유리벽이 곱게 말려 있는 미술관 하나가 은은하게 빛을 낸다. 로댕의 청동 조각품 〈지옥의 문〉〈칼레의 시민들〉을 전시하기 위해 삼성문화재단에서 기획하고 미국의 건축그룹 KPF에서 설계한 미술관이다. 이 건축물은 두 사람의 손이 포개지는 모습을 조각한 로댕의 〈대성당〉을 형상화한 것으로 알려져 있는데, 1999년 준공 당시 나를 포함한 건축학도들에겐 꽤나 큰 감흥을 불러일으켰다. 미술관 이름은 원래 '로댕갤러리'였다가 '플라토'로 변경되었다. 상설전시와 다양한 기획전시로 17년간 사랑을 받았지만, 미술관 건물이 삼성생명빌딩과 함께 매각되면서 현재는 '우정아트센터'로 쓰이고 있고, 〈지옥의 문〉과 〈칼레의 시민들〉은 호암미술관 수장고로 옮겨졌다. 존재의 이유를 잃었기 때문일까? 같은 건축임에도 예전과 같은 감흥이 느껴지지 않는 것은. 건축은 그 자체로도 중요하지만 그 안을 채우고 있는 것(사람, 사물, 용도 등) 또한 중요하다.

보전의 방식

서울시립미술관 서소문본관
중구 덕수궁길 61

일제강점기에 식민지 법질서를 유지하기 위해 존재하던 경성재판소 건물은 해방을 맞이한 뒤에도 철거되지 않고 오히려 대한민국 사법 행정의 중심지, 대법원 청사로 50년 가까이 사용되었다. '사람은 미워하되 건축물은 미워하지 말라'는 취지였을까? 하지만 대법원 청사가 1995년 서초구로 이전하며 주인을 잃은 이 건축물은 전면부 파사드만 남겨진 채 완전히 철거된 후, 서울시립미술관 서소문본관으로 2002년 새롭게 문을 열었다. 일제강점기 건축물의 해방 이후 행보를 보자니, 건축에 있어서 보전이란 어떤 방식으로 이루어져야 할지 고민스럽다. 껍데기만 남긴 것보다 건축물의 용도까지 유지함이 참된 의미의 보존 아니었을까? 껍데기로만 남은 건축은 아무런 가치가 없다는 말인가? 질문에 대한 답은 그리 간단치 않다. 역사성을 품은 건축물의 보존 방식을 두고 서울시와 건축가의 고민은 나날이 깊어진다. 물론 그러한 고민이 깊으면 깊을수록 서울의 경관은 더욱 풍요로워지고 시간은 다양한 스펙트럼을 품게 될 것이다. (삼우종합건축사사무소 설계)

콘텍스트를 대하는 자세

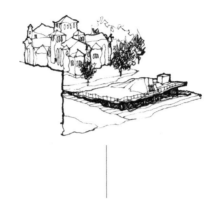

서울도시건축전시관
중구 세종대로 119

건축설계는 대지와 그 주변의 환경과 조건, 즉 콘텍스트(맥락)를 분석하는 것에서 시작한다. 그리고 그렇게 분석된 콘텍스트들은 응당 건축물에 잘 반영되어야 한다. 그럼 '잘'이란 무엇인가? 서학당길 초입에 자리한 서울도시건축전시관은 주변 콘텍스트를 '잘' 반영한 건축의 좋은 사례다. 서학당길 길목에 있던 서울지방국세청 건물이 철거되고 3년 만인 2019년 공개된 터에는, 엉뚱하게도 사람들의 동선을 지하로 이끄는 나지막한 캐노피와 아담한 동산이 자리하고 있었다. 그 결과 번잡한 도심의 숨통을 트는 열린 공간과 언덕(옥상 조경) 너머로, 로마네스크 양식을 띤 대한성공회 서울주교좌성당의 고풍스러운 경관이 선물처럼 드러났다. 주변 환경에서 드러내야 할 것과 비워야 할 것, 소리 낼 것과 침묵할 것을 정확하게 파악하여 이를 건축화한다면, 그렇게 설계된 건축물은 준공 직후라도 이미 오래전부터 그 자리에 있었던 듯 자연스럽게 느껴질 것이다. 서울도시건축전시관이 그렇듯. (터미널7아키텍츠 설계)

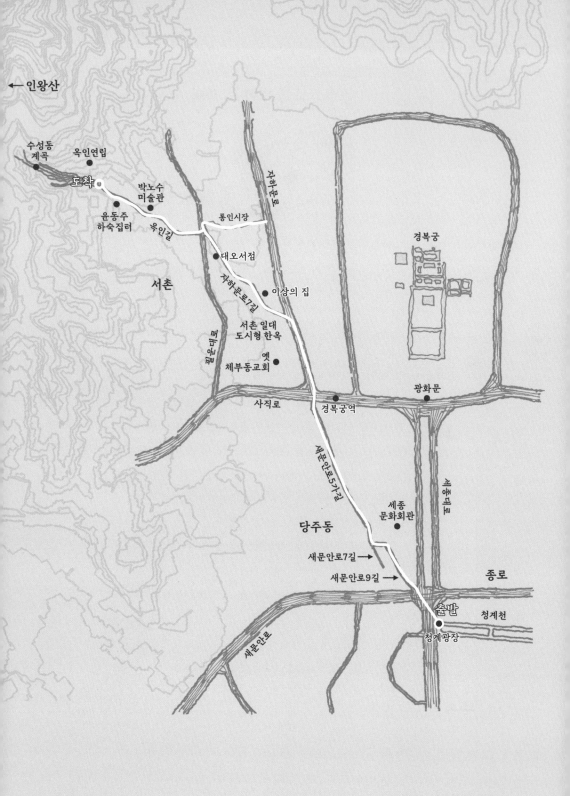

← 인왕산

수성동
계곡
옥인연립
도착
박노수
미술관
윤동주
하숙집터
옥인길
통인시장

서촌

대오서점

자하문로

자하문로7길

이상의 집

서촌 일대
도시형 한옥

필운대로

옛
체부동교회

사직로

경복궁역

경복궁

광화문

세종
문화회관

새문안로5가길

당주동

새문안로7길 →

새문안로9길 →

세종대로

종로

출발
청계천

새문안로

청계광장

두 번째
걷기

시간이 멈춘 동네를 뒤흔든
슬로 라이프의 욕망

세종로 서측,
서촌 일대

　서학당길 북단, 광화문빌딩 옆 공개공지에 서 있으면 높다란 빌딩들과 광활한 대로가 시야 가득 들어온다. 앞서 걸었던 정동 일대와 대비되는 거대하고 굵직굵직한 도시조직이 왠지 낯설다. 정동으로 되돌아가고 싶은 마음을 억누르고 세종대로 너머 청계천 물길의 시작점, 청계광장으로 발걸음을 옮긴다.

　청계천은 2005년 청계천 복원사업으로 하늘을 되찾으며 수많은 시민들과 관광객들이 몰려드는 서울의 명소가 되었다. 개발 시대의 상징과 같았던 청계천 복개도로와 청계고가도로가 건설된 지 30~40년 만의 일이었다. 거기까지는 좋았다. 그런데 보이지 않는 곳에서 문제가 발생했다. 가시적인 환경 조성만 신경 쓴 탓에 정작 상류 개천으로부터의 물길은 완전히 끊어지고 말았다. 대신 청계천은 기계 설비에 의해 인공적으로 물을 공급받는 순도 100퍼센트 인공천이 되었다. 보이지 않는 땅속 어딘가엔 청계천에 물을 공급하던 본류가 남아 있을 것이지만 광활한 세종대로 사거리와 거대한 빌딩 숲에서 물길의 흔적을 가늠하기란 쉽지 않다. 그나마 지도를 놓고 보면 복개된 개천의 흐름을 얼추 짐작할 수 있다.

　청계광장과 그 북서쪽 인왕산 사이, 새문안로9길, 새문안로5가길이 마치 하나의 길처럼 연속적으로 이어져 있음을 확인할 수 있다. 청계천의

▲ 청계광장과 조형물 〈스프링〉

당주동과 새문안로7길

새문안로7길을 포함한 당주동 일대는 나지막한 건물들과 나무뿌리 같은 골목길로 이루어진 오래된 동네. 전형적인 도심 낙후 지역인데, 2012년 블록 절반을 차지하는 고급 호텔의 공사가 시작되면서 그 자리에 있던 옛 도시조직들이 흔적 없이 지워졌다. 어렵던 시절 급하게 형성된 도시조직은 오늘날 서울에는 더 이상 몸에 맞지 않는 헌 옷과 같다. 헌 옷을 버리고 새 옷으로 갈아입는 재개발은 이 도시가 겪어야 할 숙명이리라. 다만 옛 도시조직 속에 담겨 있던 역사와 문화를 새로운 도시조직 안으로 흡수하지 못한 채 흔적도 없이 증발시키는 오늘날의 재개발 방식은 두고두고 아쉽다.

본류로서 인왕산에서 발원한 백운동천은 분명 이 길 아래에 있을 것이다. 다시 지도에서 보이지 않는 백운동천을 거슬러 조금 더 올라가다 보면 나의 손가락은 어느새 사직로를 가로질러 자하문로를 가리키고 있다. 자세히 보니 자하문로에서 인왕산 수성동계곡 방향으로도 또 하나의 일관된 흐름이 보인다. 서촌을 가로지르며 흐르던 옥류동천이다. 지도만 보더라도 개천을 중심으로 오밀조밀하고 복잡 다양하게 생성된 도시조직이 무척이나 흥미롭게 다가온다. 이렇게 나의 다음 목적지가 결정되었다. 이번에는 청계천의 상류, 백운동천과 옥류동천을 따라 거슬러 올라가보겠다. 앞서 걸었던 정동과 서학당길에 새겨진 이전 시대의 흔적에 이어, 여기 개천 위로 복개된 길을 걸으면서 오랜 역사의 동네들이 '2000년대 이후' 어떠한 변화를 겪었는지 그리고 앞으로 어떠한 모습으로 지속될지 가볍게 둘러볼 것이다.

기분 좋게 걷기 경로를 결정하긴 했지만 새문안로5가길에서는 운동하는 셈 치고 서둘러 발을 놀릴 수밖에 없다. 세종문화회관 뒷길에서부터 경복궁역이 있는 사직로에 이르기까지, 백운동천 위를 아스팔트로 복개한 새문안로5가길에는 그림 한 점 그릴 만한 인상적인 경관이 없기 때문이다. 길 주변 내자동, 내수동, 적선동, 도렴동 등은 광화문과 육조거리에 인접하여 조선 시대부터 주요 관청과 기관, 고급 관리들의 사택이 자리했던 유서 깊은 동네이지만 2000년대 초, 오피스텔과 주상복합이 무분별하게 들어서면서 동네 고유의 도시조직과 역사성을 뭉텅이로 잃어버렸다. 정부서울청사와 서울경찰청이 있어서 그나마 역사성과 지역성이 유지된다고 위로

▲ 세종문화회관 뒤편이 바라다보이는 새문안로9길

해야 할까? 아쉽게도 나는 이 길, 백운동천의 흔적 위에서 아무런 서사나 감흥을 찾을 수 없었다. 그저 빠르게 지나칠 뿐이다.

새문안로5가길의 북단에 이르러서야 무거웠던 경관이 한결 가벼워 지며 사직로 너머로 경복궁 서쪽에 자리한 마을, 서촌(西村)이 슬그머니 모

▲ 새문안로5가길 북단, 경복궁역 인근에서 바라본 서촌 방향

습을 드러낸다. 옛날엔 웃대, 즉 상촌(上村)으로 불렸다 하고 종로구청에서 '세종마을'로 부르기로 했다고는 하지만, 아직까지는 '서촌'이 가장 익숙하고 입에 붙는 이름이다.●

　　나의 서촌에 대한 기억은 각별하다. 2007년 봄, 출입이 통제되었던 북악산이 39년 만에 민간에게 개방되어 이듬해 초, 나는 친구들과 함께 이른 아침 북악산을 올랐다. 산에서 내려오는 길에 근처 효자동에 삼계탕 잘하는 집이 있다고 하여 그곳에서 점심을 먹었다. 겨울 등산으로 얼어붙은 몸이 따뜻한 구들장과 뜨끈한 삼계탕으로 불판 위 인절미처럼 흐물거렸다. 식사를 마치고 친구들과 인근 동네를 구경했다. 삼계탕집을 포함하여 동네 도처에 도시형 한옥의 낡은 기와지붕이 눈에 띄었다. 나중에 안 사실인데 그 동네는 효자동이 아니라 체부동과 통인동이었다. 그때만 하더라도 나 같은 외지인들은 경복궁 서측 동네를 '서촌'이 아닌 '효자동'으로 불렀다. 서촌을 다시 찾은 것은 2012년 가을이었다. 아내와 함께 인왕산에 올랐다가 하산하던 길에 마침 갓 조성된 수성동계곡을 우연히 발견하였다. 옥인시범아파트를 철거하고 그 자리에 원래 있었던 계곡을 복원한 것이었다. 우리는 그곳 옥인동에서 3호선 경복궁역까지 걸어가는 동안 뜻하지 않게 서촌 여기저기를 구경하게 되었다. 집장사집과 한옥, 좁다란 골목이 혼재된 약간은 촌스럽고 예스러운 느낌이었지만 깔끔한 거리와 아기자기한 점포들이 조화롭게 어우러진 서촌의 매력에 나는 금세 빠져들었다. 내가

● 서촌의 범위는 공식적으로 정해진 바 없다. 다만 2010년 수립된 '경복궁 서측 지구단위계획'에서 언급된 '경복궁 서측'을 서촌이라 본다면, 경복궁과 청와대 서쪽 지역부터 인왕산 기슭 사이에 자리한 15개의 법정동에 걸친, 약 58만 제곱미터 구역을 서촌이라 할 수 있겠다.

걷고 있는 곳이 핫플레이스인지 뜨는 동네인지, 그때 나는 아무런 사전 정보도 갖고 있지 못했다. 나는 마치 나만 아는 비밀의 동네라도 발견한 양 가슴이 설렜다.

사직로를 가로질러 자하문로를 따라 200미터가량 걷다 보면 은행 건물 옆, 자하문로7길의 길목에 이른다. 이곳은 앞서 언급했던 옥류동천과 백운동천이 합류하는 지점이다. 길 초입에 들어서면 차 두 대가 간신히 교차할 수 있는 좁다란 길과 아기자기한 건물들로 이루어진 가로 경관이 펼쳐져 마음이 편해진다. 오래된 나의 기억과 달리 자하문로7길에서는 낡고

▼ 자하문로5길의 도시형 한옥

▲ 자하문로7길과 이상의 집(전봇대 뒤 한옥)

오래된 도시형 한옥이 좀처럼 눈에 뜨이지 않는다. 천재 시인 이상의 집터
정도는 되어야 그나마 오늘날까지 보존될 명분이 있는 걸까. 너무 흔하여
눈길도 가지 않던 한옥들이 잘 보이지 않자 왠지 눈에 불을 켜고 한옥만 찾
게 된다.

　　서촌 안쪽으로 조금 더 깊숙이 들어가니 허름한 간판을 어설피 달고

▲ 자하문로7길 대오서점

있는 오래된 한옥 하나가 보인다. 1·4후퇴와 서울 재탈환으로 난리통이던 1951년 처음 문을 연 이곳은, 서울에서 가장 오래된 헌책방으로 알려진 서촌의 명소, 대오서점이다. 지금은 카페로 사용되는 이곳은 특유의 '허름하나 예스러운' 분위기 때문에 많은 사람들로부터 사랑을 받았다. 아이러니하게도 그 유명세로 인하여 더 이상 책을 사고파는 공간의 기능을 이어갈 수 없게 된 것이다. 그런데 사람들은 무슨 이유로 이 낡아빠진 서점에 열광

▲ 자하문로7길 영화루

한 것일까? 대오서점뿐 아니라 서촌을 걷다 보면 당장이라도 쓰러질 듯한
건물에서 여전히 성업 중인 가게들을 심심치 않게 발견할 수 있다. 또한 최
근에 새로 문을 연 카페와 식당조차도 약속이라도 한 듯, 가깝게는 1990년
대부터 멀게는 일제강점기에 이르는, 옛 분위기가 느껴지는 건축 외관과
인테리어로 행인들의 발걸음을 멈추게 한다. 서촌이 자랑하던 '없던 추억
까지 불러일으키는' '시간이 멈춘 듯한' 풍경이 어느새 서촌의 암묵적인 디

자인 코드이자 마케팅 콘셉트로 자리하게 된 듯하다.

추억 팔이, 레트로, 뉴트로 등으로 언급되는 범세대적 복고 열풍은 근래의 특수한 현상이나 어제오늘의 일이 아니다. 흥미로운 사실은 2010년대 초반부터 신문 지면을 장식한 '복고 열풍' 현상이 2020년대인 지금도 유효하며, 그 내용도 점차 진화되고 있다는 점이다. 복고 열풍은 일반적으로 경기 침체기에 일어나는 현상으로 '불안한 현재를 외면하고 미화된 과거에 집착'하게 되는 심리에서 비롯된 것이다. 어찌 보면 무한 경쟁 시대에 살고 있는 현대인의 고달픈 현실을 반영한 것이기도 하다. 마침 서촌은 그렇게 팍팍하지 않던 시절의 모습을 그대로 간직하고 있었다. 새로움과 변화, 혁신에 지친 사람들은 마음의 위로를 받고자 서촌으로 하나둘 모여들었다. 이 세상 어딘가엔 늘 새롭지 않아도, 항상 변화하지 않아도, 잘 먹고 잘살 수 있는 동네가 있다는 것을 확인하기라도 하려는 듯.

그럼 서촌은 어쩌다가 이렇게 마음의 위로를 주는 '시간이 멈춰버린' 동네가 되었을까? 서촌은 경복궁에 인접한 덕에 조선 초기부터 일찌감치 왕족들의 거주지로 생성되었고 조선 중기에는 사대부, 조선 후기에는 중인(中人)이 터를 잡고 살았다.[1] 이렇게 서촌은 서울 어느 동네보다 먼저 개발되었음에도 정작 서울시가 온통 공사판이던 개발 시대에는 좀처럼 주목을 받지 못했다. 그것은 바로 서촌이 경복궁과 인왕산, 결정적으로 국가권력의 핵심인 청와대에 인접했기 때문이다. 결국 서촌은 본의 아니게 1970년대부터 1990년대까지 각종 규제에 발이 묶이며 조용하고 평화로운 서민 주거지로 정착되었다. 이러한 평범하고 조용한 주거지가 핫플레이스로 떠오르게 된 배경에는 2000년대 이후 이명박, 오세훈 두 서울시장이 추

▲ 통인시장 서측 출입구 건너편 골목 안 풍경

통인시장

서촌 통인시장은 일제강점기인 1941년, 이 일대에 거주하던 일본인들의 공설 시장으로 시작되었다. 2000년 이전까지는 지역 주민들이 이용하는 전통시장이었지만 2005년 '재래시장 육성을 위한 특별법'에 따라 시설이 현대화되고, 2010년에는 서울시와 종로구가 주관하는 '서울형 문화시장'으로 선정되면서 외지인들이 즐겨 찾는 관광지가 되었다.

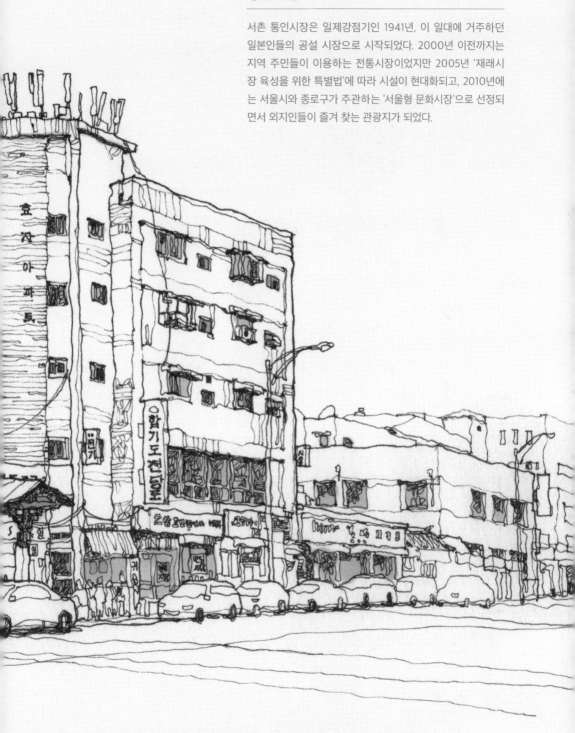

진했던 '도시 마케팅'과 '도시 브랜딩' 사업이 있었다.[2] 한옥의 상품 가치를 발견한 서울시는 '한옥선언'과 같은 한옥 보전 및 진흥 정책을 발표(2008년)하고 '경복궁 서측 지구단위계획(2010년)'을 고시하여 서촌의 한옥 밀집 주거지가 보전될 수 있는 제도적 기반을 마련하였다.[3] 그전까지 개발 시대보다 더한 재개발사업들을 주도했던 서울시가 '보전'이라는 단어를 꺼내 든 것만으로도 무척 고무적인 일이었지만, 문제는 뜻하지 않은 곳에서 생겼다.

'서촌'에 사람과 돈이 몰려오자…꽃가게 송씨·세탁소 김씨가 사라졌다

(전략) 김한울 서촌주거공간연구회 사무국장은 "2012년 여름(7월) 수성동 계곡 복원공사가 완료된 것도 사람들이 몰려오게 된 중요한 계기가 됐다"고 말했다. (후략)

_한겨레 2014년 11월 24일 자

이 기사를 읽고 나는 적지 않게 놀랐다. 서촌이 젠트리피케이션,[*] 요즘 말로 '둥지 내몰림'으로 몸살을 앓고 있다는 것이었다. 거기까지는 그럴 수도 있겠다 싶었는데 내가 무척이나 놀랐던 이유는 '꼭 집어서, 나 같은 사람들이 서촌에 몰려들어 젠트리피케이션이 가속화되었다'는 내용 때문이었다. 아무런 적의 없는 순수한 호기심만으로도 무엇인가를 훼손하고 파괴할 수 있음을 확인하는 순간이었다. 한데, 도대체 내가 뭘 그리 잘못했

● 저소득계층의 낙후된 주택과 상권이 중간계층의 주거·상업시설로 변경되는 것을 의미한다. 치솟은 지가와 임대비용을 감당하지 못한 원주민과 기존 상인들이 다른 지역으로 떠밀려 나가는 현상을 설명할 때 주로 쓰이는 말이다.

기에 꽃가게 송씨를 서촌에서 사라지게 만든 것일까? 앞서 언급했지만 서촌은 지친 현대인들의 마음에 위안을 주는 슬로 라이프의 환상이 복고풍 상권으로 현실화된 곳이었다. 문제라면 문제일 수 있는 건, 서촌이 이러한 상권뿐 아니라 체험형 전통시장(통인시장), 수많은 문학·예술가들의 흔적, 수성동계곡과 인왕산 절경 등 매력적인 관광 자원을 모두 갖고 있다는 점이었다. 어디에서도 이만큼 매력적인 동네는 찾기 어려웠다. 타오르는 불꽃에 기름을 부은 것은 대중매체였다. 서촌은 금세 유명세를 탔고 관광객들이 몰려왔다. 자연스럽게 가게 임대료가 상승하면서 이발소, 세탁소, 수리점, 목욕탕 등 서촌 특유의 경관을 이루던 주민 근린생활시설이 사라지고, 대신 그 자리엔 관광객들을 대상으로 하는 카페와 식당, 주점, 기념품 가게 등이 들어섰다. 뿐만 아니라 관광객들에 의한 소음 발생과 주거지 침입이 빈번해지면서, 오랜 시간에 걸쳐 자리 잡은 마을의 문화와 질서, 생활 환경이 위협을 받게 되었다. 서촌의 관광지화와 둥지 내몰림이 사회적으로 문제가 되자 2010년대 중반부터 서울시는 부랴부랴 젠트리피케이션 해결책을 내놓기 시작했다.

오늘날 서촌을 걷노라면 예전과 같은 활기는 찾을 수 없다. 서울시의 젠트리피케이션 대응 정책이 효과가 나기 시작한 걸까? 여전히 꽃집과 세탁소는 보이지 않고 대신 문을 닫은 가게와 임대인을 기다리는 빈 점포가 눈에 띄는 것을 봐서는 젠트리피케이션은 아직도 진행 중인 것 같다. 2010년대 중반 이후로 서촌을 대체할 '뜨는 동네'와 '핫플레이스'들이 우후 죽순처럼 늘어나면서 소비자들, 관광객들이 그만큼 서촌을 덜 찾는 것일

길모퉁이 건축

옥인길을 걷다 보면 다른 길과 교차되며 생성된, 모퉁이가 날
카로운 필지를 종종 발견할 수 있다. 이렇게 길모퉁이 땅은 양
옆이 도로에 면하여 인지성이 좋다는 장점과 동시에 외부로
너무 많이 노출되어 프라이버시가 떨어지는 단점도 있어, 집을
지을 때 충분한 고민이 필요하다. 아쉽게도 옥인길과 그 주변
길모퉁이 건축물들은 깊은 고민에 의한 결과물로 보이지는 않
는다.

▲ 옥인길에 있는 윤동주 하숙집터

터이다. 어느새 동네도 소비재가 된 것일까?

　　지금까지 걸었던 자하문로7길은 필운대로에 이르러 길의 흐름을 옥
인길에 넘겨준다. 행정상 이유로 길의 명칭이 둘로 나뉘었지만 이 길 역시

▲ 옥인길 끝에서 펼쳐지는 인왕산 풍경

옥류동천의 방향성을 유지하며 수성동계곡까지 약 400미터가량 이어져 있다. 옥인길을 따라 소규모 상가건물과 다가구, 다세대주택이 촘촘하게 들어선 모습은 서울 어디에서나 흔하게 볼 수 있는 풍경이다. 하지만 길 곳곳에 숨어 있는 흥미로운 가게와 문화공간 그리고 박노수미술관, 윤동주 하숙집터와 같은 역사적 명소는 이 길 고유의 분위기를 잘 살려준다. 이처럼 평범한 동네 속에서 뜻밖의 비범함을 발견할 때, 그때 도시 걷기의 즐거움은 배가 된다.

어느새 완만한 경사로가 되어버린 옥인길을 따라 조금 더 걸어본다. 이내 수성동계곡과 인왕산의 그림 같은 풍경이 펼쳐진다. 인왕산을 이루고 있는 거대한 화강암과 오랜 세월 풍화되며 생긴 검은 줄은 과거 인왕산에 많이 살았다던 호랑이를 떠올리게 한다. 산어귀에서 중턱까지 무성하게 뒤덮은 나무숲과 바위의 틈 사이로 뿌리를 내린 소나무의 조화 역시 감탄을 자아낸다. 나는 풍수 사상을 믿지는 않지만 인왕산을 보고 있으면 정말로 산에서 뿜어져 나오는 기운 같은 것이 있는 듯하다. 그 기운에 의한 것인지 아니면 그 기운에 이끌린 것인지, 시대를 불문하고 유독 문인과 예술가들은 서촌을 사랑하였다. 또한 오늘날 뛰어나고 열정적인 수많은 학자, 문인, 예술가, 언론인, 건축가, 디자이너, 장인 역시 서촌에 모여 서촌의 문화예술적 전통을 이어가고 있다. 초등학교 교가의 관용구처럼 '인왕산의 정기가 어린' 서촌이, 뒤늦은 개발과 상품화를 위한 보전 그리고 오늘날 젠트리피케이션과 같은 풍파에 일희일비하지 않고 역사와 문화, 예술이 살아 숨 쉬는 마을로 오래오래 지속되길 바란다.

건축에 있어서 한국성

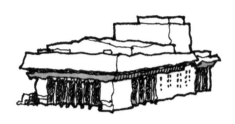

세종문화회관
종로구 세종대로 175

자리가 자리인 만큼, 광화문 앞 세종로 81번지에는 한국을 상징하는 건축물이 들어설 수밖에 없었다. 특히 이 터에 자리하던 서울시민회관(1972년 화재로 소실)이 일제강점기 부민관을 연상케 하는 형상을 띠고 있었기에, 신축될 문화회관에 대한 '한국성' 요구는 더욱 강렬했다. 1970년대 후반, 건축계의 주류가 선택한 한국성은 오늘날 세종문화회관이 뽐내는 '거대한 지붕과 목구조의 형상화'였다. 이후 전국의 공공건축은 이와 유사한 방식으로 한국성을 실현하였다. 한편, 비주류 건축에서 드러나는 한국성은 어떤 모습일까? 아마도 판상형 아파트, 십장생 대문이 달린 다세대주택, 붉은색 조적조 다가구주택이 아닐까 싶다. 애초 '한국성' 같은 것은 눈곱만큼도 고려되지 않았음에도 이러한 건축물들이 가장 한국적 풍경을 만든다는 사실을 누구도 부정하기 힘들 것이다. (엄덕문 설계)

서촌적인 너무나 서촌적인

서울생활문화센터 체부
종로구 자하문로1나길 3-2

붉은 벽돌에 대한 재평가가 이루어지고 있다. 한때는 흔하고 촌스러운 재료의 대명사였지만, 반듯한 석재와 금속, 유리 등이 넘쳐 나는 오늘날, 사람들은 다시금 붉은 벽돌에 눈을 돌리기 시작했다. 서울생활문화센터 체부(옛 체부동교회) 역시 그런 맥락에서 주목받은 건축물 중 하나다. 서울시는 일제강점기인 1931년 준공된 이 교회 건물을 2014년 매입하여 2017년에 생활문화센터로 리모델링하고 서울시 미래유산이자, 제1회 우수건축자산으로 선정하였다. 전국 어디서나 흔하게 볼 수 있는 교회 건물이지만, 시간이 물성으로 고스란히 드러난 붉은색 외장 벽돌은 (언제 보아도) 무척이나 인상적이다. 반면 내부는 검은 벽돌로 이루어진 깔끔한 다목적 공간으로 되살아났다. 흔한 옛 건축물이 흔하지 않은 독특한 공간으로 되살아나는 곳, 그래서 이 건축물은 너무나 서촌적이다. (지요건축사사무소 리모델링 설계)

건축과 조각 사이

이상의 집
종로구 자하문로7길 18

건축과 조각의 차이점은 무엇일까? '이상의 집'을 보았을 때 문득 그런 생각이 들었다. 집 앞 골목인 자하문로7길에선 잘 보이지 않는데, 한옥 건물 안으로 들어가면 상당히 작은 규모의 노출콘크리트 매스 하나가 덧붙어 있는 걸 볼 수 있다. '이상의 방'이라고도 불리는 이 건축물의 절반은 계단과 화장실, 나머지 절반인 2층은 손바닥만 한 전시 공간으로 이루어졌다. 이 인공물은 건축일까, 아닐까? 오히려 이 콘크리트 덩어리는 특정한 기능을 지닌 공간이라기보다는, 옛 한옥과의 대비와 조화를 통해 이상-김해경이라는 인간이 추구한 작품 세계를 건축이라는 공간과 물질로 형상화한 시도라고 볼 수 있지 않을까? 언어에 의한 구분이 가끔은 깊은 이해를 방해할 때도 있다. (스와건축사사무소 리모델링 설계)

특별한 집장사집

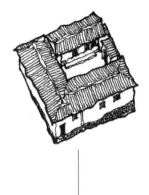

도시형 한옥
종로구 체부·통인·누하·옥인동 등 서촌 일대

서울시의 주택난은 고질적인 문제였다. 일제강점기에도 근대화, 도시화와 맞물려 주택 부족이 사회적 문제로 대두된다. 그에 따라 1930년대부터 낮은 비용으로 대량 공급하기 위한 새로운 주택 양식, 도시형 한옥이 등장한다. 도시형 한옥은 대부분 전문 주택업자에 의해 공급된 이른바 '집장사집'으로서, 전통 한옥의 특징을 갖추면서도 도시환경에 맞게 개량되어 당시 사람들로부터 많은 사랑을 받았다. 오늘날 서촌에 남아 있는 대다수 한옥은 그 당시에 지어진 도시형 한옥이다. 우리가 사랑하는 서촌의 고풍스러운 풍경이 도시형 한옥에 의한 것임을 감안한다면, 오늘날 특별할 것 없는 대다수 집장사집들 역시 언젠가 재평가받는 날이 올지도 모르겠다.

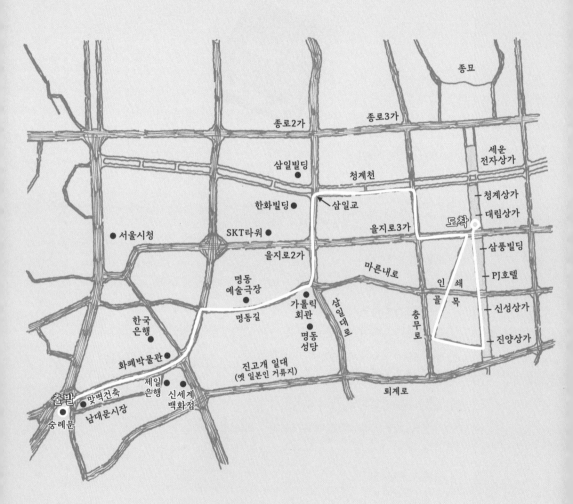

종묘

종로2가　　　종로3가

세운
전자상가

삼일빌딩　　　청계천

청계상가

한화빌딩●　　삼일교

대림상가

SKT타워●　　을지로3가

도착

서울시청　　　　　　　을지로2가

삼풍빌딩

PJ호텔

명동
예술극장

가톨릭
회관

인　쇄

신성상가

한국
은행

명동길

명동
성당

삼
일
대
로

마른내로

골　목

진양상가

화폐박물관●

진고개 일대
(옛 일본인 거류지)

충무로

출발　맛떡건축　제일
은행

신세계
백화점

퇴계로

숭례문　남대문시장

세 번째
걷기

경성의 핫플레이스 너머,
모던 서울의 둔중한 기념비

남대문로,
명동 일대

이번 도시 걷기 코스의 시작점은 앞서 다녀갔던 숭례문이다. 숭례문의 이름은 오행 사상의 인의예지신(仁義禮智信) 중 남향(南)과 연관된 예(禮)에서 유래한다. 숭례(崇禮), 즉 예절, 예의와 같은 가치를 높이고 소중히 여긴다는 의미다. 흥미로운 사실은 오행 사상에서 남향은 '예'뿐 아니라 불(火)과도 관련 있다는 점이다. 조선 건국 초기, 한양의 마스터플랜을 구상하던 정도전은 관악산의 불의 기운으로 인하여 궁에 화재가 발생할 것을 우려했다. 결국 정도전이 찾은 해법은 맞불 작전이었고 그 임무는 불을 상징하는 방향의 대문, 숭례문에 주어졌다. 그리하여 숭례문의 현판은 가로로 쓰이는 보통의 현판들과 달리 세로로 쓰이게 된다. 현판의 글씨가 불처럼 타오르는 형상으로 보이게 하여 불의 기운을 더 큰 불로써 제압하기 위함이었다. 이렇게 세로로 쓴 현판 덕분이었는지 숭례문은 내란과 외세의 침략, 일제강점기, 6·25전쟁까지 겪으면서도 그 질긴 생명을 이어갔다. 하지만 정작 나라가 주권, 경제, 첨단 소방 기술까지 모두 갖춘 21세기에 이르러, 마치 그것이 정해진 운명이었던 것처럼 2008년 한 시민의 방화로 인해 끝내 전소되고 만다.

숭례문의 수난은 여기서 그치지 않는다. 국민대학교 이경훈 교수는 그의 저서 《못된 건축》에서 숭례문을 외면하고 있는 단암빌딩(옛 도큐호텔)

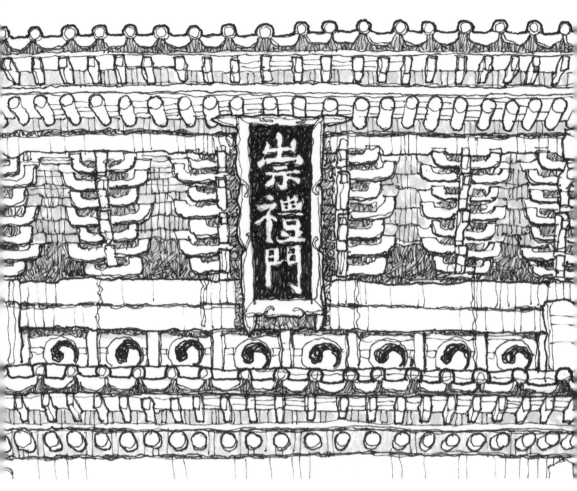

과, 시간과 장소에 대한 고민이 부족했던 롯데손해보험빌딩(옛 대한화재해
상보험빌딩)을 '못된 건축'으로 평가했다. 그런데 이를 어떻게 받아들여야
할까? 단암빌딩은 한국 근현대건축의 거장 김중업의 작품이요, 롯데손해
보험빌딩은 앞서 서학당길에서 언급한 한국 건축계의 맏형[1] 윤승중의 작

품이다. 두 건축가 모두 장소적 맥락과 인간적인 건축을 누구보다 강조했던 이들이다. 개발 시대에 활동했던 건축가들의 피할 수 없는 운명일까? 이에 대한 평가는 여기서 다루지 않겠지만, 분명 두 건물은 숭례문보다 비정상적으로 높게 솟아올라 제 모습을 과장하고 있다. 이유를 불문하고 시민들에게 두 건물은 그렇게 보이고 있다.

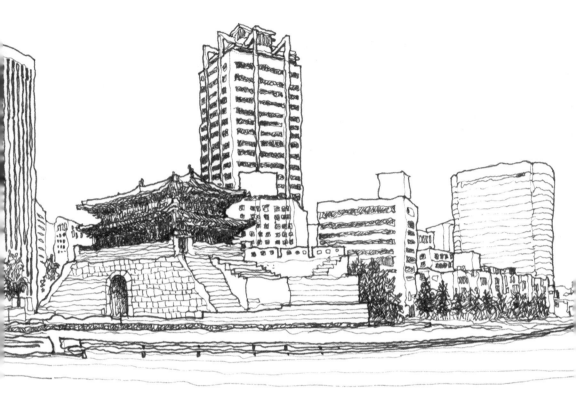

  숭례문에서 명동 방향, 남대문로 초입에 자리 잡은 건물 역시 그냥 지
나칠 수 없는 행색을 하고 있다. 창문과 간판이 나란히 이어져 마치 한 건
물처럼 보이지만, 자세히 들여다보면 출입문과 창호가 제각각인 맞벽건축
의 군집임을 알 수 있다. 민법상 건물과 건물 사이에는 1미터 이상 거리를
두어야 하지만, 건축법에서는 특별한 경우에 한하여 별개 건물의 벽을 접

▲ 남대문로 초입 맞벽건축 군집

하고 공간 활용성을 높인 맞벽건축을 인정하고 있기에 이런 형태의 건축
이 가능했다. 낮고 폭이 좁은● 건물들이 마치 오래된 서가의 책들처럼 남
대문로를 따라 빽빽하게 들어선 이곳 맞벽건축들은, 그 모습이 초라할지

───────

● 건축물대장에 기록된 몇몇 건물의 준공 시점이 1963년임을 볼 때, 길게 이어진 이 맞벽건축들은 대부분 1960
년대 초반에 지어진 것으로 추정된다. 이 건물들이 들어선 땅은 해방과 6·25전쟁, 전재 복구 이후 남대문시장 조합
원들에게 소유권이 분할되며 지금처럼 폭 4미터가 조금 넘는 좁다란 필지로 쪼개지게 되었다

언정 '못되어' 보이진 않는다. 250미터가량 이어진 이 건물군엔 주로 카메라와 광학기기 등을 전문으로 하는 점포들이 입점해 있다. 건물 주변을 어슬렁거리면 스마트폰 카메라에 밀려 요즘엔 좀처럼 보기 힘든 SLR 카메라와 다양한 렌즈들을 구경할 수 있어 그 재미가 쏠쏠하다.

남대문로에선 거리 가득한 도시시설물과 수많은 행인들의 무질서한 움직임에 정신이 혼미해진다. 그렇게 떠밀리듯 한국은행(옛 조선은행) 화폐박물관 앞 분수대에 다다르면 위용부터 남다른 서양식 근대건축에 둘러싸이게 된다. 범상치 않은 건축물들만 보더라도 이 지역은 분명 일제강점기부터 특별한 위상을 품었으리라 짐작할 수 있다.

1884년 갑신정변 이후 고종은 쿠데타를 일으킨 개화파의 배후에 일본이 있음을 간파하고 이에 항의한다. 하지만 일제는 자국 공사관과 일본인 피해를 문제 삼으며 이에 대한 보상을 명문화한 한성조약을 강압적으로 체결한다. 그 결과 남산 기슭, 오늘날 예장동의 위안부 '기억의 터' 일대는 일본공사관 신축을 위한 부지로 제공되었고 인근 진고개 일대는 일본인 거류 지역으로 지정되었다.[2] 일제강점기 경성 최고의 번화가이자 핫플레이스인 혼마치(本町, 현 충무로1~2가)는 그렇게 시작되었다. 이후 청일전쟁과 러일전쟁 모두 승기를 잡은 일본제국이 한반도 내 영향력을 확대하면서 일본 상인의 활동 범위 역시 동서로[3] 확장되었다. 그리고 1910년 일제가 한반도를 강제 점거함으로써 진고개를 포함한 남촌 일대는 이방인의 거류지에서 '식민지 지배층의 특권적 공간'[4]으로 위상이 격변한다. 이후 도로가 정비되고* 은행과 우체국, 호텔, 백화점 등이 들어서면서 남촌 일대는 '경성의 경제적 부를 상징하는 공간'[5]으로 자리매김하게 된다. 다음 그

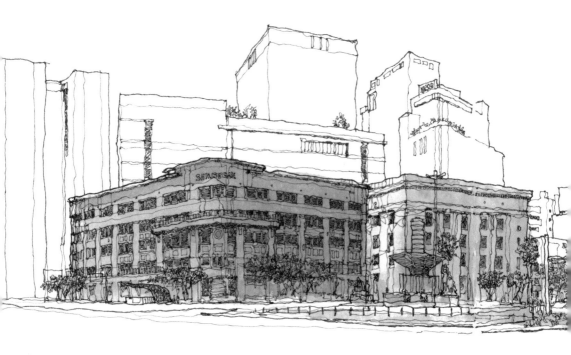

▲ 신세계백화점(좌)과 바로 옆의 옛 조선저축은행, 그리고 길 건너 한국은행 화폐박물관의 모습

림의 우측이자 분수대 북측에 자리한 조선은행(현 화폐박물관, 1912년 준공),

그림의 좌측이자 분수대 남측에 자리한 미쓰코시백화점(현 신세계백화점,

1930년 준공), 백화점 바로 옆 조선저축은행(현 SC제일은행, 1935년 준공), 그리

● 남대문정거장(옛 남대문역)에서 남대문(숭례문) 구간 도로 정비 및 확장 공사를 시작으로 1911년 황금정통(을지로), 1912년 태평통(세종대로, 숭례문에서 세종대로 사거리까지), 그리고 1913년에는 남대문통(남대문로, 숭례문에서 화폐박물관까지) 구간의 공사가 시작되었다.

고 그림에는 보이지 않지만 조선은행 맞은편 동측의 경성우편국(1915년 준
공, 6·25전쟁 때 멸실) 모두 그 시기에 지어진 남촌의 기념비들이다.

　그런데 한 가지 의문이 든다. 어째서 일본제국은 그들의 가장 특권적
인 공간에 일본 전통 양식이 아닌 서양 근대 양식의 건축물을 지었을까?
물론 단 하나의 원인으로 귀결시킬 수는 없겠지만, 이는 식민주의에 대한

일본의 불안정한 명분에서 기인했다고 봐야 할 것이다. 19세기 중반 미국에 문호를 개방한 일본은 1868년 메이지유신과 함께 근대화를 시작했고 이후 스펀지처럼 서양의 문명을 받아들였다. 이 시기 일본은 서구 사회에 뿌리 깊게 자리하고 있는 오리엔탈리즘, 즉 서양과 동양을 이분화하고 서양이 동양보다 우월하며 동양은 계몽의 대상이라는 사고방식까지 받아들이며, 동양적 가치관에서 벗어나 서구의 근대화된 문명으로 진입하기 위해 노력한다. 서구적 시각에 의해 규정된 동양 국가가 스스로 동양임을 부정하고 그로부터 벗어나려는 자기모순적인 입장을 취한 것이다. 이러한 일본 특유의 오리엔탈리즘은 (다른 제국주의 국가들과 마찬가지로) 훗날 조선을 비롯한 아시아 국가를 식민지화할 때 주요한 명분으로 작용했으며, 식민국가에 지어지는 주요 건축물을 설계할 때에도 예외없이 적용[6]되었다. 일본제국은 이미 19세기 말, 서양 건축가를 초청하여 자국의 주요 건축물 설계를 맡겼을 뿐 아니라, 다쓰노 긴고●와 같은 유학파 건축가를 양성하여 스스로 근대건축을 지을 역량을 갖추고 있었다. 이러한 일제가 피식민국가에 '자신들은 근대화되었으며 서양 제국들과 어깨를 나란히 하고 있음'을 드러내는 데 건축만큼 효과적인 것도 없었다.

일제강점기 서양 근대건축물은 한국은행앞교차로에서 북동쪽으로 약 400미터 지점, 명동길 중간쯤에서도 찾아볼 수 있다. 대한민국 최대 번화가 명동은 수많은 상점들과 하늘까지 뒤덮은 간판, 거리를 점령한 가판대, 그리고 그 나머지 공간을 가득 채운 사람들로 무척이나 번잡한 동네이

● 조선은행(현재의 한국은행 화폐박물관)을 설계하였다.

▲ 명동예술극장

다. 번잡함은 명동길과 명동7길이 만나는 네거리 광장에서 절정을 이루는데, 그 난리법석 속에서도 연꽃처럼 도도한 자태를 풍기고 있는 서양식 근대건축물 하나가 시선을 사로잡는다. 바로 명동의 터줏대감, 명동예술극장이다. 이 건물은 1935년, 명치좌(明治座)란 이름의 극장으로 처음 지어졌다. 당시 이 일대가 일본인들이 조성한 최대의 번화가였던 만큼 이런 고급 극장이 명동 한복판에 들어선 것은 놀랄 일이 아니다. 정작 놀랄 일은, 이 극장과 판박이처럼 똑같은 건축물이 일본에 존재했었다는 것이다. 그 문제적 건축물은 지금은 철거되고 없는, 도쿄 아사쿠사에 자리했던 오가쓰간(大勝館)으로 1930년 준공되었다. 반면 명치좌는 1935년 지어졌으니 두 건축물 중 '누가 누구를 모방했는지'에 대해 논란의 소지는 없다.

이렇게 대한민국 건축사에 기록되는 주요 근대건축물이 일본의 자본, 일본의 건축가에 의해 지어진 것도 모자라 결국은 모방 건축이었음을 확인하는 일은 안타까움을 넘어 비참하기까지 하다. 멀리서 찾을 필요도 없이 이 책의 시작점인 서울역부터 그랬다. 일본 건축가 쓰카모토 야스시에 의해 설계된 것으로 알려진 서울역 옛 역사는 스위스 루체른 역사의 모방 그 자체였다. 그 외에도 한반도에 지어진 적지 않은 근대건축물들이 모방이란 오명에서 자유롭지 못하다. 일본의 근대건축이 서양 근대건축의 모방에서 자유롭지 못했으니, 그런 일본을 거쳐 한국으로 들어온 근대건축물은 '모방의 모방'이라 해도 과언이 아닐 것이다. 부끄러운 과거이니 철저하게 지워버려야 할까? 대한민국 건축가의 작품도 아니니 면죄부를 주고 그냥 잘 쓰면 되지 않을까? 어려운 문제다. 다만 떳떳하지 못한 건축물을 좋은 건축으로, 좀 더 나은 공간으로 바꿔야 할 사람은 처음 이 건축을 지은 일본인이 아닌, 이 건축을 사용해야 하는 한국인들이었다.

　해방 이후 명동예술극장은 서울시 공관과 국립극장으로 사용되다가, 국립극단이 새로 지은 장충동 국립극장으로 이사를 가면서 엉뚱하게 투자금융사에 매각되어 1973년 대대적인 리모델링을 거쳐 업무시설로 변경되었다. 한때 이 건물은 철거 후 고층 상업시설로 대체될 운명에 처하기도 했지만, 문화예술계와 건축계의 강력한 반대에 따라 정부가 다시 건물을 매입하고 복원 및 리모델링 공사를 거치며 2009년 본래의 용도인 극장으로 되돌아왔다. 지난 수십 년간 페인트로 덧씌워진 외벽면은 문화재 전문가의 고증과 자문을 거쳐 최대한 원형 그대로 복원되었다. 비록 모방 건축일지라도 그것이 품고 있는 고전성과 오랜 시간 명동에 자리하며 생성된 지역성의 가치를 인정받은 것이다. 대신 건축 내부는 기존에 없던 현대적 극장으로 새롭게 태어났다.[*] 또한 건물 상부 증축부는 '유리와 금속 그리고 비정형 곡선'으로 현대성을 강조하여 '석재와 타일 그리고 대칭'으로 이루어진 기존 외벽부와 분명한 선을 그었다. 그로 인해 명동예술극장은 상·하부가 현대성과 고전성, 오늘과 어제, 나와 너로 분화되어 묘한 긴장감을 주게 되었고 '짝퉁 건축'이란 오명은 그저 복원된 외벽면의 한 켜로만 남게 되었다. 과거는 바꿀 수 없다. 다만 현재 그리고 미래는 가능하다.

　명동예술극장 앞 광장을 지나쳐 명동성당 방향으로 조금 더 걷다 보

● 　1973년에 업무시설로 리모델링되면서, 애초 극장의 공간은 사라진 지 오래였다. 평면과 단면을 보면 실질적으로 옛 건물과 아무런 관련이 없는 신축 건물이라 할 수 있다.

가톨릭회관과 명동성당

명동성당 자리는 원래 고종이 조선 말기 문신 윤정현에게 집과 함께 하사한 땅이었다. 하지만 1883년 천주교 조선교구가 이 집터를 매입하여 궁궐보다 높은 고딕양식의 성당을 짓기 시작했고, 고종은 분개하여 즉시 공사 중지를 명령했다. 하지만 천주교 선교사들은 프랑스공사관의 힘을 빌려 성당 공사를 재개하여 1898년 완공했다.

오늘날 명동성당 일대는 '명동성당 특별계획구역'으로 지정되어 4단계에 걸친 대대적인 개·보수공사가 진행 중이다. 그중 1단계 구역은 2014년 공사를 마쳤는데, 진입부에 광장을 조성하고, 과거 형상을 재현한 문화홀을 신축하고, 지하주차장을 확충하는 등 천주교 신자뿐 아니라 일반 관광객까지 포용할 수 있는 개방적인 시설로 변모했다. 이로써 명동성당 일대의 분위기가 이전과는 사뭇 달라졌다.

면 가게들도 덜 요란해지고, 행인들의 밀도도 줄어든다. 완만하게 경사져 오르기 시작한 명동길은 명동성당에 가까워지며 모세의 기적으로 홍해가 갈라지듯, 가톨릭회관과 명동성당, 서울대교구청 신관이 둘러싼 광장으로 드라마틱하게 확장된다.

명동성당은 정식 명칭 '천주교 서울대교구 주교좌 명동대성당'의 뜻 그대로 '세계 최대 규모의 기독교 종파인 로마가톨릭교회(천주교)의 서울을 중심으로 지방 교구가 연합한 교구장 주교가 상주하는 종교시설' 용도로 지어졌다. 하지만 건축은 처음 그것을 기획하고 설계한 건축주와 건축가의 의도와는 상관없이, 그것이 존재하는 시대와 그것을 사용하는 사람들에 의해 그 의미가 달라진다. 명동성당 역시 험난한 근현대사와 궤를 같이하면서 그 의미를 꾸준히 달리하였다. 개발 시대이자 군사정권 시대이기도 했던 1970~80년대에 명동성당은 익히 알려진 바와 같이 사회 부조리와 독재정권에 맞서 싸운 민주화운동의 성지였다. 뿐만 아니라 국가 발전이란 명분하에 희생을 강요받던 노동자들을 위해 함께 싸우고 함께 목소리를 냈던 '사회적 약자의 피난처'[7]이기도 했다.

반면, 일제강점기 이곳은 반민족적인 사건이 공공연하게 벌어진 친일의 현장이기도 했다. 강점 초기인 1911년, 일제는 조선총독부 초대 총독 암살 미수 사건을 날조하여 신민회 등 반일 독립운동 조직에 누명을 씌우고 105명의 무고한 독립운동가에게 실형을 선고한다. 역사 교과서에서 봤음직한 이 사건을 '신민회 사건' 또는 '105인 사건'이라고 하는데, 일제가 비밀리에 활동했던 신민회와 독립운동가의 존재를 알 수 있었던 것은 다름 아닌 조선의 8대 주교좌 교구장, 명동성당 뮈텔 주교의 밀고 때문이었다. 밀고의 대가는 명동성당에서 진고개, 지금의 명동8가길로 이어지는 길이었다. 당시 명동성당은 성당 남측에서 진고개로 넘어가는 길을 점거하고 있는 일본 상인들과 오랜 법적 분쟁을 이어오고 있었는데, 좀처럼 풀리지 않던 갈등은 뮈텔 주교의 밀고 이후 일제의 중재하에 금세 해결[8]되었다고 한다. 1890년 교구장으로 임명된 뮈텔 주교는 명동성당을 착공하여 완공하고, 조선 말부터 일제강점기 동안 한반도 내 천주교가 뿌리내리는 데 큰 기여를 했다. 하지만 그는 조선 그리고 대한제국이 일제에 저항하고 독

▼ 삼일대로에서 바라본 명동성당 첨탑(우)과 남산서울타워

립하는 것을 원하지 않았다. 그뿐만 아니라 일제강점기 명동성당의 다른 주교들 역시 신학생들의 독립운동 참여를 막고, 국위선양 평화 미사, 대동아 평화 미사와 같은 제국주의 옹호 미사를 전국적으로 실시하는 등 반민족적이고 제국주의적인 행보를 유지했다. 여기에는 안정적 교세 확장이 무엇보다 중요하다는 그들의 신념과 함께, 제국주의가 팽창하던 당대의 시대적 분위기도 한몫했다. 종교의 보수성에 대한 논의는 여기에서 다루기엔 너무 무겁다. 다만 약자의 편에 서지 못한 당시 천주교의 정치적 성향은 안타까움을 금할 수 없다.

가톨릭회관 옆길로 이어진 명동길은 삼일대로와 만난다. 삼일대로는 남산1호터널과 직접 연결되어, 한강을 넘어오고 넘어가려는 차량들로 언제나 만원이다. 명동을 벗어나 몇 발자국 걷지도 못했는데 어느새 명동성당은 빌딩들에 가려 첨탑만 슬쩍 보인다. 남대문시장에서 명동성당까지 걸어오면서 일제강점기의 흔적들을 둘러봤다. 역시 남촌 아니랄까봐 도시의 구조에서부터 조직 곳곳에 진한 일제의 잔향들이 남아 있었다. 어쨌거나 우리 역사의 한 장면이고 어떻게든 품고 가야 할 상처들이다. 그리고 이러한 상처들이 이 도시에 스승이 될지 수치로만 남을지는 앞으로 이곳에서 살아갈 한국 사람들에게 달렸다.

그러면 잘 있거라 명동― 잘 가거라 명동이여―
_이봉구, 《명동백작》

청계천,
세운상가

　　청계천만큼 개발 시대를 상징적으로 보여주는 기념비가 또 있을까?
일반적으로 이 책에서 말하는 '개발 시대'는 1960년대 박정희 군사정권부
터 서울올림픽 이후 1990년대 초까지를 의미한다. 이 시기 청계천은 복개
되었고 그것도 모자라 고가도로까지 건설되었다. 반면 1990년대 이후 서

▼ 청계천 삼일교 인근 풍경

울시 도심부 정책은 개발에서 보전과 관리로 패러다임을 바꾸기 시작[9]한다. 이는 2000년대 이후 본격적으로 시작된 저성장 기조를 생각하면 시기적절한 변화였다. 하지만 대한민국 사회는 정량적으로 드러나는 경제 지표와 겉으로 드러나지 않는 삶의 질 사이에서 늘 갈등하고 번뇌해왔다. 2002년부터 2011년까지 한나라당 이명박과 그 뒤를 이은 오세훈이 시장으로 활동한 약 10년 동안 가시적인 경기 활성화를 위하여 뉴타운을 포함한 각종 개발, 재개발사업이 난무했다. 도시공학 전문가인 정석 교수는 이 시기를 '역류'라고 표현했다. 달리 말하면 '또 다른 개발 시대'라고도 할 수 있겠다. 이 시기 청계천은 복원되었고 그 주변으로 많은 개발사업들이 추진되었다. 이렇게 청계천은 길고 짧았던 두 개발 시대를 겪으며 동시에 두 시대를 상징하는 아이콘이 되었다.

청계천의 개발 시대는 복개로 시작되었다. 물론 청계천 복개는 일제강점기에 이미 시작되었고, 1950년대 부분적으로 진행되긴 했다. 하지만 지지부진하기 그지없었다. 본격적인 복개 공사는 1961년 군사정권이 집권하면서 시작되었다. 군사정권이 전에 없던 속도로 공사를 추진했던 이유는 국민들에게 '일 잘하는 정부'라는 이미지를 심기 위함이었다고 한다.[10] 정당성이 부족한 정권이 집권 초기 보여주는 전형적인 전시행정이었다.

복개된 청계천 위에 고가도로를 구상한 사람은 당시 서울시장 김현옥이었다. '김현옥'이란 이름은 기억해둘 필요가 있다. 앞으로도 '개발 시대'를 언급할 때 '김수근'과 함께 반복적으로 언급될 것이기 때문이다. 어쨌거나 김현옥·김수근 콤비에 의해 구상된 청계고가도로는 1967년에 예산

▲ 청계천 수표교 인근 풍경

도, 설계도 없이 착공되었다고 한다. 그 시절 '묻지 마 개발'의 분위기를 단
적으로 보여주는 이 일화는, 지난 일이라도 그저 놀라울 따름이다. 초기 계
획보다 그 범위가 대폭 축소되긴 하였지만 청계고가도로는 결국 1971년 전
구간 완공되었다. 그로부터 약 30년 동안 청계고가도로는 일대의 교통 흐
름과 도시 미관을 해치는 주범이었다.

　　청계고가 철거와 청계천 복원은 2002년 6·13지방선거 때 서울시장에

▼ 청계3가 쪽에서 바라본 삼일빌딩과 그 너머

도전한 한나라당 이명박 후보의 핵심 공약 중 하나였다. 치열한 경쟁 끝에 서울시장에 당선된 이명박은 이듬해인 2003년 7월부터 본격적으로 공약 사업을 수행하였다. 외환위기 이래로 침체되어 있던 건축계는 모처럼 굵직한 어젠다를 갖게 되었고, 그 분위기에 힘입어 실질적으로 아무런 이해관계가 없었던, 나를 비롯한 국내외 건축과 학생들은 청계천에 관련된 설계 수업과 각종 공모전으로 꽤나 분주한 한 해를 보냈다. 2003년 당시 설계 수업 속 청계천은 이미 맑은 물이 흐르는 아름다운 개천이었다. 그럼에도 정작 나에게 그 풍경은 살아생전엔 마주하지 못할 먼 미래의 일처럼 느껴졌다. 그도 그럴 것이 청계천 일대의 경관을 지배하는 것은 거대한 콘크리트 구조물, 청계고가도로였다. 고가도로의 그림자가 짙게 드리운 인도 위엔 언제나 공구, 전등, 배관, 덕트, 종류를 달리한 수많은 건자재, 기자재와 거기에 더하여 자동차 경적 소리, 매캐한 배기가스가 가득했다. 이 잿빛 거리가 어떻게 개천이 흐르고 나무가 우거진 천변이 될 수 있다는 것인지 도무지 감이 오지 않았다.

하지만 서울시의 추진력은 나의 상상력보다 강력했다. 불과 2년 뒤인 2005년 9월, 복원 공사를 마친 청계천이 세상에 모습을 드러냈다. 그리고 개장 한 달 동안 627만 명[11]이 청계천을 다녀갔으며, 마치 태조 이성계가 한양으로 천도했을 때부터 이 모습 그대로 존재해왔다는 듯 복원된 청계천은 자연스럽게 그리고 빠르게 서울의 일부가 되었다. 천변을 산책하거나 흐르는 물에 발을 담그며 시원한 음료를 마시는 시민들의 모습은 어느새 서울의 평범한 일상 풍경이 되었다.

하지만 말 많고 탈 많은 이 인공 개천에 대한 평가는 엇갈렸다. 시민

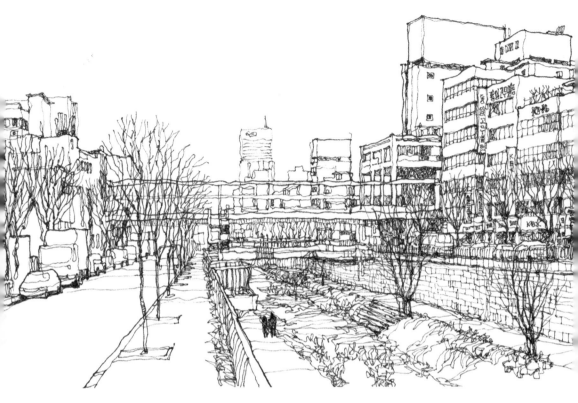

▲ 청계3가에서 바라본 세운(청계)상가 쪽 풍경

을 위한 도심 속 수변 공원과 열린 공간 조성은 누가 뭐래도 잘한 일이었
다. 다만 보이지 않는 곳에 문제가 숨어 있었다. '가짜 자연' '비싼 어항' 같
은 비아냥은 차치하더라도, 충분한 검토 없이 정치적 목적을 위해 서둘러
수행된 복원 사업은 청계천에 남아 있던 역사 유물을 훼손하였다. 무엇보다
청계천 주변이 개발되며 뜻하지 않게 삶의 터전을 잃은 시민들이 생겨났고

그들의 재산권 보상이나 일터 이전 등의 문제는 졸속으로 처리되었다. 십수 년이 지난 지금도 이러한 문제들은 말끔하게 해결되지 못하고 있다.

천변을 따라 동쪽으로 조금 더 걸어본다. 빽빽하게 들어선 세련된 고층 빌딩들은 청계천 삼일교를 지나면서 현저히 줄어들고, 번듯한 카페와 소문난 맛집을 찾아 헤매는 관광객들 역시 눈에 띄게 줄어든다. 대신 천변

을지로3가

을지로3가역 일대와 인근 인쇄골목은 근래 들어 '뜨는 동네'로
부상했다. 이곳이 젊은이들의 주목을 받게 된 것은 아이러니
하게도, 이 동네에 먼지처럼 쌓여 있는 남루함과 정체된 시간
그리고 공실 때문이었다. 특유의 거친 분위기와 저렴한 임대
료 덕에 젊은 디자이너와 예술가들이 하나둘 자리를 잡기 시
작했고, 덩달아 '힙(hip)'한 카페와 주점, 식당이 곳곳에 들어서
며 이른바 '힙지로'라는 명칭까지 등장했다.

을지로 인쇄골목

젠트리피케이션의 첫 번째 단계가 '소수 선구자들이 노동계급 및 하층민 거주 지역으로 이주하여 주거 개량을 시작함'[12]임을 떠올리면, 이 동네의 새로운 바람이 마냥 반갑기만 한 것은 아니다. 또한 우려되는 것은, 여전히 이 일대에서 주된 산업으로 유지되고 있는 인쇄업의 현장들이 단순한 시각적 경험과 흥미로운 관광의 장소로 소비되어버릴 수 있다는 점이다.

을 따라 공구, 전기·전자 부품, 건축 설비, 기계 배관 등을 취급하는 가게들이 동쪽으로 끝도 없이 이어진다. '공구' '연마' '히타' '펌프' '판넬' '콤프레샤' '금속' '아크릴' '기기' 등 일반인에겐 익숙하지 않은 업종의 간판들이 만들어낸 경계 위로는 세월의 때를 잔뜩 뒤집어쓴 건물들이 들쑥날쑥 들어서 있다. 청계고가도로만 없을 뿐 이곳은 청계천 복원 이전과 크게 달라지지 않았다. 천변을 따라 동쪽으로 조금 더 걷다 보면 웅긋중긋한 건물 사이로 세운상가 건물군[●]이 슬쩍 모습을 드러낸다. 소설가 황정은은《백의 그림자》에서 "바퀴도 없이 배를 끌며 열을 지어 가다가 문득 멈춰서 굳은 거대한 객차"라고 묘사했다. 실제로 그처럼 육중한 매스와 거친 물성이 위압적이다. 왠지 저 거대한 콘크리트 덩어리에는 그것의 질량만큼이나 무거운 역사적, 사회적, 건축적 이야기가 담겨 있을 것 같다.

세운상가의 역사는 엉뚱하게도 소이탄이라는 무기의 등장과 함께 시작되었다. 태평양전쟁 중 일본제국은 미군의 소이탄 폭격에 대비해 경성 내 일본인 거주 및 경제활동 지역을 위주로 소개공지, 즉 화재가 광범위하게 확산되는 것을 방지하는 선형 공터를 조성하였다. 종묘 앞에서 필동까지 폭 50미터, 길이 1180미터에 달하는 지금의 세운상가 터는, 그렇게 조성된 경성 시내 소개공지 총 19곳 중 하나였다.[13] 하지만 일본의 패전으로 미처 완성되지 못한 채 해방을 맞이한 소개공지는 이후 전쟁을 겪으며 이재민, 실향민의 판잣집으로 빠르게 채워졌다. 갈 곳 없는 빈민이 들끓었고,

---

● 종묘 앞 세운상가를 시작으로 청계상가, 대림상가, 삼풍상가, PJ호텔, 신성상가, 진양상가에 이르기까지, 남북으로 1킬로미터 가까이 이어지는 기다란 건물들 전체를 가리킨다.

먹고살기 위한 매춘이 판을 쳤다. 그리고 이곳은 1966년 새로운 서울시장이 부임하기 전까지 대한민국 최대의 사창가, '종삼'으로 악명을 떨쳤다.

1966년 3월 31일, 14대 서울특별시장으로 부임한 김현옥은 임기가 시작되자마자 무서운 속도로 서울을 뒤집어엎기 시작했다. 부임 후 3개월 뒤인 6월 20일, 그는 종삼 사창가를 포함한 무허가 판잣집을 모두 철거하고 민간 자본을 유치해 새 건물을 짓겠다는 계획을 당시 대통령이었던 박정희에게 보고했다. 7월 초에 철거가 시작되었고 8월 말, 대한민국 최대의 사창굴과 그 일대의 판잣집들은 역사 속으로 사라졌다.[14]

철거가 한창 진행 중이던 7월 중순, 새 건물을 짓기 위해 김 시장이 찾

▼ 을지로 인쇄골목 충무로2길 구간에서 바라본 세운(진양)상가

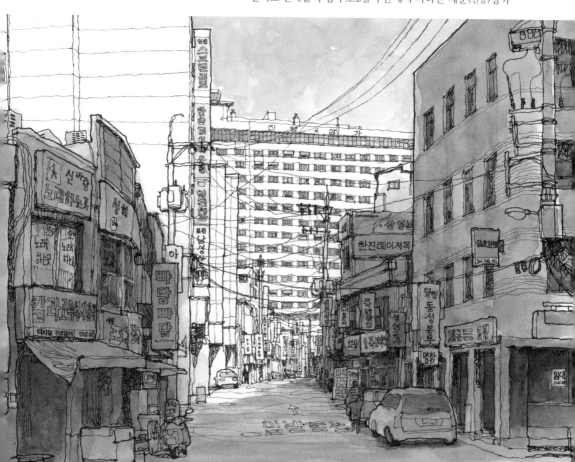

은 사람은 다른 누구도 아닌, 건축가 김수근이었다. 당시 30대 중반, 아직 도시·건축적 철학과 설계 경험이 충분하지 못했던 김수근이 떠맡기엔 버거운 초대형 프로젝트였다. '김수근 사단'이 출동했다. 윤승중, 유걸, 김석철 등 오늘날 건축계의 거물들이 김수근을 보조하여 세운상가 설계에 참여했다. 그렇게 개발 시대를 상징하는 또 다른 기념비가 종묘 앞 종로에서 시작하여 남쪽으로 청계천, 을지로, 마른내로를 가로질러 퇴계로까지 1킬로미터 이상 이어졌다.

하지만 결과는 참담했다. 경제적 상황에 어울리지 않는 공중 가로, 주변 도시 맥락과 맞지 않는 초대형 구조물(Mega-structure), 그리고 이상(기본 설계)과 현실(실제 시공)의 괴리…… 이 모든 것이 세운상가와 그 일대를 어떻게 망쳤는지 일일이 설명하는것보다 각계의 학자, 건축가, 전문가들이 내놓은 세운상가에 대한 짧은 평을 인용함이 나을 것 같다.

모더니즘의 설익은 이상 _이경훈,《못된 건축》

실패한 유토피아? _황두진,《가장 도시적인 삶》

너무나 짧은 영광 _손정목,《서울 도시계획 이야기》

버림받은 물신의 말로 _류신,《서울 아케이드 프로젝트》

주변부에서 겉도는 모더니스트의 이상 _이세영,《건축 멜랑콜리아》

물론 도시·건축적 평가와는 별개로, 개관식이 있던 1967년부터 1970년대 초반까지 세운상가의 인기는 대단했다. 도심 접근이 용이하고 중앙난방, 승강기 등 당시로는 최신 시설을 구비하였기에 세운상가는 저

▲ 창경궁로5길 철공소골목에서 바라본 세운(대림)상가

명인사나 연예인이 선호하는 주거지로 각광받았다. 하지만 영광은 너무나 짧았다. 정확히 말하자면, 운이 좋지 못했다. 세운상가 첫 입주 후 이듬해 초, 북한 무장대원의 청와대 습격 사건, 일명 '김신조 사건'이 일어났다. 그로 인해 남북 갈등이 심화되고 전쟁 위기감이 고조되자 서울시는 도심 기능 분산 정책을 시행한다. 그러한 배경에서 1970년대 후반부터 강남을 비롯한 서울 곳곳에 신규 아파트 단지가 들어섰고 세운상가의 인기는 차갑게 식었다. 그나마 1980년대까지는 전자상가로서의 명성을 유지했지만 1987년 용산전자상가가 등장하자 그 명맥마저 내어준다.

내가 세운상가를 처음 본 것은 1998년 가을, 필름 카메라를 들고 서울 곳곳을 들쑤시며 사진을 찍어 대던 새내기 건축학도 시절이었다. 그때 내 눈에 비친 세운상가는 용도를 알 수 없는, 거대하고 흉물스러운 콘크리트 덩어리일 뿐이었다. 마치 도심 속을 활보하다 맹렬한 공격을 받고 쓰러진 돌연변이 괴수 같아 보였다. 오래된 건축물일지라도 먼저 좋은 면을 찾아보는 나조차도 세운상가는 꽤나 버거운 상대였으니, 서울시 입장에서는 하루빨리 정리해야 할 숙제 같은 존재였을 것이다.

청계천과 마찬가지로 세운상가 역시 이명박 시장 재임 시절, 또 다른 개발 시대를 맞이하게 되었다. 세운상가를 철거하고 녹지축을 조성한다는 재개발안은 흉물을 제거하여 주변 부동산 가치를 끌어올린다는 점에서 청계천의 개발 방식과 동일했다. 이번에도 나를 비롯한 전국의 수많은 건축학도들은 세운상가 양옆에 지어지지도 않을 건축물을 채워 넣느라 2003년 2학기를 비좁은 설계실에서 보내야 했다. 그리고 이명박 시장과 결을 같이하는 오세훈 시장이 2006년 새로 선출되면서 세운상가 주변 블

▼ 세운(진양)상가 공중 보행로에서 바라본 을지로 골목 풍경

록 재개발사업과 세운상가 공원화 계획은 본격적으로 추진되었다. 계획안 속 세운상가는 보기 좋게 철거되어 선형 공원으로 말끔하게 비워졌고, 그 양옆은 초고층 업무시설과 주거시설들로 요란하게 채워져 있었다. 하지만 세계문화유산인 종묘 앞에 고층 빌딩 숲이 들어서는 것을 문화재청이 승인할 리가 없었다. 건물 최고 높이는 점점 줄어들었지만 문화재청의 반려는 계속되었다. 게다가 국제적으로도 상황이 좋지 못했다. 2008년 국제 금융위기는 세운상가 재개발사업을 더욱더 불투명하게 만들었다. 애초에 이 사업이 서울 시민들에게 쾌적한 환경을 제공해야 한다는 의무감이나, 과거 정부의 과오를 청산하겠다는 사명감에서 시작된 것이 아니었기에, 사업 수익성이 없으면 포기할 수밖에 없었다.

그리고 2011년, 또 다른 시장이 선출되었다. 박원순 시장은 도시를 바라보는 시각이 이전 두 시장과는 많이 달랐다. 마침 분위기도 따랐다. 2010년 5회 지방선거에서 '정권 중간 심판'을 내세운 제1야당, 민주당이 압승하면서 지난 단체장들과 차별화된 도시정책을 추진할 정치적 환경이 조성된 것이다. 결국 세운상가 건물군은 철거되지 않고 살아남게 되었다. 살아남은 정도가 아니라 '다시 세운'이란 프로젝트 이름과 함께 '입체적인 복합 문화산업 공간으로 재생'되고, 도면 속에만 존재하던 김수근의 공중 가로가 부활하는 등 세운상가의 운명은 완전히 새로운 방향으로 전환되었다. 이것은 단순히 한 건축물의 회생이 아닌, '또 다른 개발 시대'가 저물고 '재생 시대'가 시작됨을 알리는 상징적인 사건과도 같았다.

그런데 도시재생은 재개발과 무엇이 다른 걸까? '재생'이란 단어의

어감 때문인지 막연하게 '오래된 도시조직을 보존한 채'로 도시환경을 개선하고 기능을 활성화하는 마법의 정책처럼 들린다. 그런데 2013년 제정된 '도시재생활성화 및 지원에관한특별법'에 따르면 도시재생이란 "인구의 감소, 산업구조의 변화, 도시의 무분별한 확장, 주거환경의 노후화 등으로 쇠퇴하는 도시를 지역역량의 강화, 새로운 기능의 도입·창출 및 지역자원의 활용을 통하여 경제적·사회적·물리적·환경적으로 활성화시키는 것"이라고 명기되어 있다. 어디에도 갈 곳 없는 주민들을 보호하고 낡은 건물이나 도시조직을 살린다는 내용은 없으며, 경우에 따라서는 개발시대에 자행된 폭력적 재개발 역시 포괄적 의미의 도시재생에 포함된다고 볼 수 있겠다. 이러고 보니 약간 속은 느낌이다. 오죽했으면 "한꺼번에 쫓아내면 재개발, 한 명씩 쫓아내면 도시재생"[15]이라는 말이 있을 정도다.

거기에 더하여 2021년, 서울시의 도시재생 정책은 엄청난 변화를 맞이하였다. 2011년부터 10여 년간 탄탄한 지지층을 이끌던 박원순 시장이 성추문 사건으로 스스로 목숨을 끊으면서 서울시장직은 공석이 되었다. 그리고 2021년 치러진 재보궐선거에서, 10년 전 시장직에서 물러난 오세훈이 당선된 것이다. 비록 임기는 1년 단기에 불과하지만 그 상징성은 대단했다. 이래서 역사는 반복된다고 했던가.

다시 부임한 오세훈 시장은 기다렸다는 듯이 보존 위주의 기존 도시재생을 축소하고, 지지부진하던 민간 재개발사업들의 활성화에 나섰다. 마침 상황도 따랐다. 한동안 정체되었던 서울시의 집값이 2010년대 중반을 기점으로 가파르게 상승하기 시작했다. 도시재생으로 인한 주택공급 물량 부족이 주된 원인으로 지목되었다. 또한 도시재생의 문제점도 심심치 않게 대두되었다. 막대한 예산이 투입되었지만 주민들은 도통 무엇이 개선되었는지 모르겠다고 불평했다. 오세훈이 다시 시장으로 선출되기 전부터 이미 도시재생에 대한 막연한 환상은 사라진 지 오래였다.

그렇다면 도시재생은 실패한 정책이라 해야 할까? 나는 도시정책관도 도시 전문가도 아니다. 그리하여 나의 평가는 중요하지 않아 보인다. 하지만, 도시재생이란 방향 자체가 틀렸다고 보지는 않는다. 오래된 도시를 재개발하여 얻는 혜택은 생각보다 대단하지도, 보편적이지도 않음을 10년 전, 우리는 충분히 학습하였다.

▼ 세운(대림)상가 공중 보행로에서 바라본 종로 쪽 풍경

낡은 콘크리트 계단을 밟고 '김수근의 공중 가로' 위에 올라와봤다. 세운상가 일대의 험하고 괄괄한 경관이 끝도 없이 펼쳐졌다. 1960년대라고 해서 지금 이 모습과 퍽이나 달랐을까? 이런 곳에 이런 무지막지한 건물이 들어선 것도 놀라운 일이었고, 이 무지막지한 곳을 완전히 뒤집어엎을 생각을 한 것도 놀라운 일이었다. 좀처럼 갈피를 잡을 수 없는 서울시의 미래다. 다만 소심하게 믿어볼 뿐이다. 미시적으론 좌충우돌, 이랬다 저랬다를 반복하더라도 결국은 옳은 방향으로, 더 살기 좋은 도시로 나아가는 중이라고……

참을 수 있는 커튼월의 가벼움

서울대교구 가톨릭회관
중구 명동길 80

가톨릭회관(옛 명동성모병원)은 한국 최초로 알루미늄 커튼월이 적용된 건축물이다. '커튼월'이란 금속 패널이나 유리 같은 비교적 얇고 가벼운 외장재를 마치 커튼처럼 건축물의 구조에 매달아 설치하는 공법으로, 오늘날 거의 모든 빌딩에 널리 적용되고 있다. 커튼월이 등장하기 전에 거의 모든 건축물은 바닥에서 지붕까지 묵직한 석재 또는 벽돌로 이루어져 구조와 외벽이 서로 구분되지 않았으며 형상 또한 자유롭지 못했다. 멀리 찾을 것도 없이, 가톨릭회관 바로 옆에 있는 명동성당이 대표적 사례다. 건축양식부터 외벽 공법까지 판이하게 다른 탓에 명동성당과 가톨릭회관은 그다지 잘 어울리는 콤비는 아니다. 다만, 오랜 시간을 함께해서 그럴까? 둘 중 하나가 없는 경관은 좀처럼 상상하기 어렵다. (김정수 설계)

천변 풍경 1_ 두 가지 아이러니

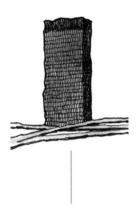

삼일빌딩
종로구 청계천로 85

지금 청계천 주변에는 더 크고 화려한 빌딩들이 즐비하여 눈에 띄지 않지만, 1970년대 청계천 변의 풍경을 대표하는 건축물은 단연 삼일빌딩이었다. 수직으로 솟은 빌딩과 수평으로 뻗어가는 청계고가도로의 날카로운 대비, 그 첨단의 이미지는 서울을 소개하는 사진의 단골 피사체로 등장했다. 아이러니하게도, 국가 이미지 제고에 기여한 이 건축물의 설계자 김중업은 정작 박정희 정권 시절 반체제 인사로 분류되어 1971년부터 망명 생활을 해야 했다. 또 한 가지 흥미로운 아이러니. 김중업은 현대건축의 거장 르코르뷔지에게 건축을 배웠음에도 정작 이 삼일빌딩을 설계할 때엔 또 다른 현대건축의 거장인 미스 반데어로에의 '시그램빌딩'을 모방했다.

천변 풍경 2_ 지루한 커튼월은 가라

SKT타워
중구 을지로 65

커튼월은 수직 수평의 격자 형태로 크기와 비례를 중시하는 정형화된 패턴에서 시작하였지만, 점차 시선을 끄는 독특한 패턴으로 진화하였다. 2004년 준공 당시 SKT타워는 불규칙한 커튼월 패턴으로 건축계의 주목을 받았다. 규칙 없는 패턴이기에(높은 엔트로피) 그냥 무작위로 유리판을 갖다 붙이면 될 것 같지만, 그러한 무작위조차 도면에 그려지는 순간(낮은 엔트로피) 거스를 수 없는 법칙이 된다. 불규칙한 커튼월은 조금씩 다른 유리판을 하나하나 구분하여 제작, 설치해야 하며 이는 공사비와 공기를 증가시키는 요인이 된다. 이러한 불리한 조건조차 감당할 수 있는 건실한 회사임을 뽐내기 위해 불규칙한 커튼월은 등장한 것일까? 마치 공작의 화려한 깃털처럼……. (RAD 설계)

천변 풍경3 _ 새 옷으로 갈아입은 빌딩

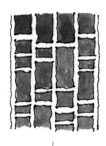

한화빌딩
중구 청계천로 86

커튼월의 형상도 유행을 탄다. 개발 시대에 지어진 빌딩들은 시공의 용이성을 위해 주로 단조로운 수직 또는 수평의 패턴으로 설계되었고, 간혹 '환공포증'을 불러일으키는 '빵빵이 창' 패턴이 적용되기도 했다. 1987년 준공된 청계2가 한화빌딩의 기존 커튼월 역시 유리와 금속 패널이 수평 패턴을 이루고 있었다. 30년 후 한화는 그룹 이미지 개선을 위해 유행이 지난 옷을 거두고, 조금 더 추상적이고 불규칙한, 마치 삼베 직조와 같은 커튼월로 빌딩을 갈아입혔다. 리모델링을 마친 한화빌딩의 외관을 보면 일단 건축주의 의도는 충분히 만족시킨 듯 보인다. 이렇게 시대를 달리하는 다양한 종류의 커튼월이 오늘날 청계천 변을 다채롭게 꾸미고 있다. 청계천 변은 한국 고층 빌딩 커튼월사(史)의 살아 있는 박물관이 아닐까 싶다. (UN Studio 리모델링 설계)

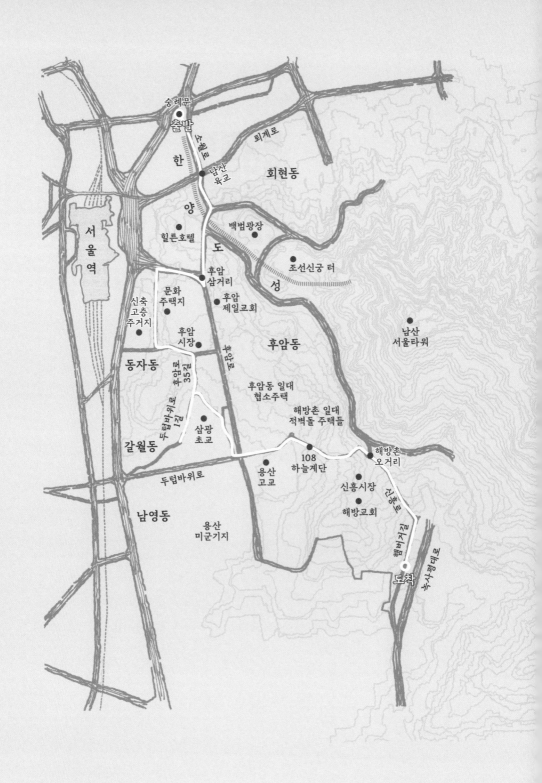

숭례문
출발

소월로

퇴계로

한

남산
육교

회현동

양

힐튼호텔

백범광장

도

후암
삼거리

조선신궁 터

성

문화
주택지

후암
제일교회

신축
고층
주거지

서울역

후암동

남산
서울타워

후암
시장

동자동

후암동 일대
협소주택

후암로 35길

해방촌 일대
적벽돌 주택들

갈월동

삼광
초교

두텁바위로 1길

108
하늘계단

해방촌
오거리

두텁바위로

용산
고교

용산
미군기지

남영동

신흥시장

해방교회

신흥로

소월로 남산길

도착

네 번째
걷기

일제가 떠난 자리,
남산 아래 주거지의 흥망성쇠

동자동,
후암동

　이번에도 나는 숭례문으로 돌아왔다. 지금까지 주로 사대문 안, 한양 도성 안에 있는 동네들을 걸어보았더니 슬슬 성 밖이 궁금해진다. 그나저 나 성의 안과 밖의 경계는 어디일까? 숭례문 남측에 남아 있는 성곽 일부 분이 난 방향을 따라 남쪽으로 걸음을 시작해본다.

　성곽은 전근대 도시의 기본 요소로서 도시의 경계를 짓고 외침으 로부터 도시 내부를 보호하였다. 태조 이성계는 한양에 국가 수도의 기 본 틀인 종묘, 사직 그리고 궁궐(경복궁)을 건설한 뒤 쉴 겨를도 없이, 이듬 해인 1396년 길이 약 18.6킬로미터에 이르는 성곽, 한양도성을 축조하였 다.[1] 이후 조선의 왕들은 성곽을 꾸준히 보수, 개축하며 한양도성의 명맥 을 500년 넘도록 이어갔다. 하지만 1910년 한일 강제 병합 전후 일제가 도 시 구조 재편과 교통체계 개선이란 명분하에 성곽 곳곳을 훼손하면서 한 양도성의 수난 시대가 시작되었다. 일제강점기 이전부터 전차가 억지스럽 게 숭례문을 관통한 것, 그리고 해방 이후에도 성곽을 끊고 지나가는 자동 차도로가 유용하게 쓰이고 있는 것을 보면 한양도성 일부 구간의 철거, 변 형은 한양 그리고 서울이 근대도시로 나아가기 위한 통과의례였을지도 모 른다. 문제는 성곽 훼손 행위가 주체적인 계획이나 자발적 의지와는 상관 없이 일제의 입맛에 의해 마구잡이로 이루어졌다는 점이다.

▲ 남산육교에서 바라본 숭례문

    사라진 한양도성의 자리를 가늠하고자 서울의 옛 지도를 펼쳐보면 1910년대 초만 하더라도 숭례문에서 뻗어 나온 성곽이 오늘날 소월로와 동일한 궤적을 그리며 남산으로 이어져 있었음을 확인할 수 있다. 지도에서 숭례문 주변 성곽이 뭉텅이로 사라진 시점은 1914년이다. 하지만 그때까지도 지도상엔 성곽 터와 기존에 있던 좁은 길들이 남아 있었다. 옛 조직이

회현동에서 바라본 남산서울타워

일제강점기 회현동에는 일본 상인이 운영하는 유흥시설이 즐비하였다. 해방 이후에도 사정은 크게 달라지지 않았는데, 서울시는 일제가 남기고 간 회현동 일대의 적산을 여관으로 재활용하는 것 외에는 뾰족한 대안을 찾지 못했다. 뒤로 미룬 과제는 저절로 해결되지 않으며, 시기를 놓친 역사 청산은 두고두고 골칫거리가 된다. 지금 서울시는 '남촌재생플랜'이나 '우리 동네 가꾸기 사업' 등으로 100년 가까이 이곳에 남아 있는 부정적 이미지를 씻어내느라 부단히 노력 중이다.

사라지고 유독 굵고 선명한 도로가 숭례문에서 남산 중턱까지 새로 그려지게 된 시점은 1920년대 초반이었다. 그리고 새로 난 길의 끝, 지금의 백범광장, 안중근기념관, 남산도서관을 포괄하는 넓은 터엔 전에 없던 거대한 신사(神社), 조선신궁(1925년 완공)이 자리하고 있었다. 조선신궁은 일본 황실의 조상신인 아마테라스 오미카미(天照大御神)와 일본의 근대화를 이끈 메이지(明治) 일왕을 제신으로 모시는 종교시설이었다. 하지만 조선인의 정신까지 '황국신민화'한다는 목적을 담고 있던 지극히 정치적인 공간이기도 했다. 결국 한양도성을 철거하고 난 자리에 번듯하게 새로 난 길, 지금의 소월로는 조선신궁에 오르기 위해 조성된 표참도(表參道), 즉 참배를 위한 길로서 지극히 일제의, 일제에 의해, 일제를 위해 인위적으로 생성된 도로였다. 길에게 죄를 물어 무슨 소용이 있겠는가? 다만 오늘날 소월로는 성곽이 철거된 자리에 들어선 신궁 참배길과는 아무런 관련이 없다는 듯 그 모습이 너무나 평화롭고 일상적이다.

남산육교에서부터 어설프게나마 모양을 낸 성곽은 도동삼거리에 이르러 다시 깔끔하게 잘린다. 성곽은 또 어디로 사라진 걸까? 남쪽 방향 소월로2길을 따라 걷다가 남산어린이놀이터 교차로에 이르니 백범광장을 따라 남산 방향으로 이어지는 미끈한 성곽이 보인다. 일제가 조선신궁을 조성하면서 철거한 한양도성 일부 구간이 2010년에 이르러 복원된 것인데, 유난히 말끔한 석재와 칼로 자른 듯 반듯한 마감면 때문에 전반적으로 어색한 느낌이 든다. 잃어버린 시간은 그렇게 쉽게 돌아오지 않는다. 그러고 보니 부지불식간에 나는 도성 밖으로 나와 있다. 여기부터는 한양의 변

▲ 후암삼거리 인근에서 바라본 후암동 언덕과 남산서울타워

▲ 후암삼거리 인근 주택가

두리이자 남산 아래 첫 번째 동네, 후암동이다.

가파른 내리막길, 소월로2길은 'ㄱ' 자로 꺾이는 후암로의 모퉁이와 이어지며 삼거리를 이루고 있다. 후암삼거리로 불리는 이곳에는 이미 조선 시대부터 세 갈래로 나뉘는 좁다란 길이 나 있었다.※ 1910년대엔 후암로가, 1950년대엔 소월로2길이 각각 개수되고 삼거리 역시 2010년 오늘과 같은 반듯한 'T' 자 형상으로 정비되면서, 서울역에서 남산 방향으로 바라보는 경관 또한 산기슭에서부터 남산 정상의 남산서울타워까지 시원스레 펼쳐지게 되었다. 개인적으로는 무척이나 좋아하는 후암동 경관 중 하나다. 삼거리에서부터 산자락을 따라 겹겹이 쌓여 있는 건축물의 다양한 군집이 마치 지방 소도시의 읍내처럼 친근하고 정겹다.

후암동은 성저십리(城底十里), 즉 '한성부 내 도성 밖 지역'에 속한 한적하고 조용한 동네였다. 이러한 후암동이 일제강점기 일본인들이 선호하는 집단 거주지였다는 점은 흥미롭기 그지없다. 1904년, 러일전쟁 발발과 동시에 일제가 대한제국을 압박하여 체결한 한일의정서에 따라 일제는 대한제국 수도 남측에 자리한 용산 땅 300만 평을 강제 수용하였다. 이후 일제는 115만 평 규모의 군사기지를 구축하고 일본군 2만 명을 주둔시킴으로써 용산을 군사적 요충지로 만들었다. 남산 자락 아래에 자리하던 한적한 성밖 동네 후암동은 졸지에 일본 군사기지와 남대문역(현 서울역)에 인접하여

● 1886년 제작된 '한성근방도'에서도 일제에 의해 개수되기 이전, 조선 시대부터 존재하던 삼거리의 흔적을 확인할 수 있다.

▲ 후암삼거리 인근 후암제일교회와 그 주변

일본인들이 선호할 수밖에 없는 '직주 근접', 역세권이 되고 말았다.

후암동에 지금과 같은 세밀한 도시조직이 짜이기 시작한 건 경성의 인구가 본격적으로 증가하기 시작한 1920년대의 일이다. 이 시기 후암동 일대 일본인 거주 지역엔 전에 없던 새로운 주택 양식, '문화주택'이 들어섰다. 지금도 후암동을 걷노라면 일반적인 단독주택과는 사뭇 다른 느낌의 2층 박공지붕 주택을 어렵지 않게 찾아볼 수 있는데 이러한 집들은 십

옛 문화주택지 1

그림 속 이곳, 동자동 일대는 후암동에 가장 먼저 들어선 주택
단지로, '미요시와(三好和) 주택지'로 불렸다. 미요시 와사부로
라는 민간 개발자에 의해 조성된 주택단지다. 후암로57길 인
근에 자리하고 있다.

옛 문화주택지 2

미요시와 주택지가 자리한 길 끝의 언덕에는 '쓰루가오카(鶴ヶ岡) 주택지'가 자리하고 있다. 지금은 대부분 붉은 점토 벽돌, 눈썹지붕 주택으로 대체되었지만, 옛 사진을 보면 서양식 박공지붕 건물들이 지금과 같은 도시조직으로 모여 있음을 확인할 수 있다.

중팔구 일제강점기에 지어진 문화주택이라 할 수 있다. 문화주택이라 하면 일제에 의해 도입되었기에 간혹 일본식 가옥으로 오해하기 쉽지만, 오히려 그 반대로 일본 전통 주거 방식에서 탈피한 '일본인에 의한 서구식 주택'으로 이해하는 것이 적절하다. 1922년 평화기념 동경박람회에 문화주택이란 이름으로 처음 소개된 서구식 주택 모델 14채가 그 시초다. 여기서 '문화(Culture)'의 의미는 오늘날 사용되는 사전적 정의보다는 당시 일본이 추구하던 사회적 가치, 즉 '구식을 대신하는 과학적 합리성이나 편리성'[2]에 가까웠다. 이는 앞서 언급된 일본식 오리엔탈리즘과 일맥상통한다.

이런 문화주택은 일본인이 동경하는 서양식 거주 공간의 모방으로 탄생했기에 특정한 건축 사조나 양식으로 구분되기보다는 '집중식 평면 구성'이나 '서양식 외관'[3] 같은 다소 두루뭉술하고 모호한 특징들로 설명된다.•

해방 이후 문화주택은 적산(敵産)가옥, 즉 '적의 재산'으로 구분되어 국가에 귀속된 뒤 국민들에게 불하되었다. 당시로서는 비교적 고가로 분양되었기에 자연스럽게 문화주택은 경제적 여유가 있는 부유층만이 살 수 있는 고급 주택으로 자리매김하였다. 비록 1970년대부터 단지형 아파트가 각광을 받으면서 문화주택의 인기가 시들해지고 오늘날 그 수도 많이 줄어들었지만 문화주택은 여전히 후암동 특유의 가로 경관을 이루는 상징적 주택 양식으로 자리하고 있다.

• '집중식 평면 구성'이란 옛집들이 마당을 중심으로 'ㄴ' 'ㄷ'자 등으로 분산되고, 외부와 내부의 구분이 불분명하며, 화장실이 별도로 분리되어 있었던 것과 대비되는 개념이다. '서양식 외관'이란 전통 주거와 구별되는 모든 것들을 의미한다.

후암시장 앞에서 바라본 동자동 마천루

일제강점기 조성된 후암동과 동자동 일대 도시조직은 21세기 서울역 앞 동네로 기능하기엔 턱없이 왜소하고 낡았음은 분명하다. 하지만 저 너머 동자동 정비구역에 새롭게 제시된 유리성 같은 주거지는 이 일대 도시·건축적 맥락을 놓고 봤을 때 지나치게 과장, 과잉된 면이 있다.

후암로35길과 두텁바위로1길은 후암로에서 숙대입구역교차로까지 후암동 일대를 사선으로 가로지른다. 후암동 대부분의 가로망이 일제강점기에 생성된 데 반해, 이 두 길은 1886년 제작된 한성근방도(漢城近傍圖)에도 그 경로가 뚜렷하게 표기되어 있어 역사가 제법 오래되었을 것으로 추측해본다. 후암시장 앞 후암로35길은 시장과 다를 바 없이 번잡하고 어수선하다. 사거리를 지나 두텁바위로1길로 접어들면서부터 그 분위기가 사뭇 달라져 거리는 차분해지고 옛날 가족 드라마에서 봤을 법한 평화로운 서민 동네가 이어진다. 모양과 높이가 제각각인 집들이 뒤죽박죽 들어서 있음에도, 나지막한 단층 건물과 고풍스러운 문화주택이 곳곳에 자리한 덕

▼ 후암동 두텁바위로1길 골목 풍경

에 이 길을 걷고 있노라면 아늑하게 감싸인 듯한 느낌이 든다. 미장면이 떨어진 담벼락, 거친 점토 벽돌 벽면을 타고 오르는 담쟁이넝쿨, 조촐한 화단에 무성히 자란 수목, 촌스러움도 지나쳐버린 오래된 간판 등, 시간의 흔적을 고스란히 품고 있는 골목 곳곳의 디테일 역시 허투루 넘길 수 없는 이 길의 매력이다. 내가 처음 평범한 골목 풍경과 일상적인 도시경관을 그리기 시작한 계기도 바로 이곳, 두텁바위로1길을 산책하며 받은 잔잔한 인상과 감동 때문이었다. 물론 후암동에 대한 나의 각별한 애정은 단순히 아늑하고 정겨운 동네 분위기 때문만은 아니다. 이 동네와 관련된 나의 할아버지 그리고 아버지의 일화도 한몫한다.

두텁바위로1길 삼거리에서 아늑한 자투리 공간이 손짓하는 후암로 13가길로 접어든다. 작은 쌈지공원을 따라 발걸음을 이어가면 곧이어 둔탁한 담장에 둘러싸인 삼광초등학교에 이른다. 삼광초등학교는 1919년 5월, 후암동 일대 일본 어린이를 위한 초등교육기관으로 개교하였다. 당시 교명은 일제강점기 후암동 지명인 '삼판통'에서 따와 삼판심상소학교(삼판국민학교)였다. 해방 이후 삼판국민학교는 대한민국 어린이를 위한 교육시설, 삼광국민학교로 1945년 11월 다시 개교하였고 후암동과 갈월동, 남영동에 거주하는 어린이들을 대상으로 새 나라의 초등교육과정을 시행하였다.

삼광국민학교가 개교한 지 채 3년이 못 된 1948년 여름, 할아버지는 온 가족을 이끌고 고향을 떠나 남영동에서 서울살이를 시작하였다. 당시 10살이던 큰아버지(첫째 아들)는 삼광국민학교 3학년으로 전학하였고 5살이던 아버지(둘째 아들)는 형을 따라 학교 운동장에 놀러 가곤 했다. 두 해 지난 1950년, 할아버지는 둘째 아들이 남들보다 1년 먼저 입학을 할 수 있

▲ 삼광초교 인근 'ㅈ'자 네거리

▼ 삼광초교 후문 앞

는지 물었지만 거절당했다. 이미 학교엔 어린아이 하나 더 받아주지 못할 정도로 많은 학생이 재학 중이었다. 안타깝게도 그해 6월, 전쟁이 발발했다. 할아버지는 다시 온 가족을 이끌고 서울을 떠나 공주 처가댁으로 피난길에 올랐다. 이후 남영동 집은 폭격으로 흔적도 없이 사라졌고 아버지는 성인이 되기 전까지 서울로 돌아올 수 없었다. 이렇게 해방과 함께 전개된 가족사가 국가적 비극사와 긴밀하게 얽힌 현장이어서 그런지, 나는 삼광초등학교 그리고 이 일대를 지날 때마다 남다른 감상에 빠져들곤 한다.

사설은 여기서 끊고, 나는 다시 후암동에 남아 있는 일제강점기의 흔적을 찾아보려 한다. 용산중·고교 북측, 두텁바위로를 따라 동쪽으로 들어가면 남산 아래 구릉지를 따라 곧고 길게 이어진 계단 하나가 눈에 띈다. 바로 해방촌의 명소이자 주요 진입로, '108하늘계단'이다. 계단을 오르며 마음속 108 번뇌를 모두 없앤 어느 위인의 일화에서 유래한 이름은 아닌지 억측을 해보지만, 허무하게도 순전히 단수가 108개인, 말 그대로 108 계단이다. 단수가 좀 많긴 해도 구릉지 주거지역에서 이런 계단쯤이야 대수롭지 않게 지나칠 수 있겠지만, 이 계단 역시 일제의 잔재 중 하나인 터라 그렇게 대충 넘어갈 수 있는 곳이 아니다.

일본제국의 국가 종교는 신도(神道)였다. 신도는 '일본 민족 고유의 신과 신령에 대한 신념을 기반으로 만들어져 발전한 종교'[4]로서 자연물과 자연현상뿐만 아니라 죽은 조상이나 살아 있는 '천황'까지 신으로 섬겼고,[5] 특히 전쟁에서 희생된 영혼을 영령(英靈)이라 부르며 추앙하였다. 신사는 그러한 영령들이 안치되는 사당이다. 만주전쟁과 태평양전쟁에서 죽은 군

인들을 위해 일제는 1943년, 남산에 경성호국신사(京城護國神社)를 건립하게
되는데, 108하늘계단은 그곳으로 오르는 진입 계단이자 참배길이었다. 태
평양전쟁이 한창이던 1944년, 수많은 조선인들이 강제 징병되어 전쟁터로
향하게 되자 일제는 급격하게 늘어날 전사자를 대비하여 이 위령시설을

▼ 경사형 승강기가 설치되기 전의 108하늘계단

사전에 준비하였다고 한다.

그러고 보면 108하늘계단은 처음 조성된 순간부터 오늘날에 이르기까지 그것이 존재하던 시대와 사회의 가치를 고스란히 반영해왔다. 한반도 강점 말기, 일제에게 가장 중요했던 가치는 일왕과 제국의 영존이었다. 왕을 위해 황국신민의 목숨 따위는 언제든 버려야 했고 그러한 희생을 정당화하기 위해 신사 그리고 그곳에 오르기 위한 계단, 지금의 108하늘계단이 필요했다. 해방을 맞이하고 전쟁을 겪고 난 이후 가장 중요한 가치는 생존이었다. 질긴 목숨을 부지하기 위해선 계단을 딛고 높이 올라가야 그나마 쓰러져가는 판잣집이라도 얻어 지친 몸을 누일 수 있었다. 경제가 살아나고 먹고사는 일이 좀 나아지면서 이번엔 주거환경의 질이 중요한 가치가 되었다. 계단의 한가운데에는 화단이 조성되고, 나무가 심어졌다. 옛 동네, 오래된 도시조직의 가치 또한 재조명되면서 사람들은 이곳에서 사진을 찍고 벽화를 그렸다. 그리고 오늘날 사회적 약자, 소수자에 대한 배려와 관심이 중요한 가치로 자리하게 되면서 계단에는 경사형 승강기가 설치되었고 각종 편의시설이 들어섰다. 이렇듯 녹록하지 않던 시대적 가치에 의해 주물된 108하늘계단 앞에 서면 왠지 숙연한 마음이 든다. 다행히 시간이 지날수록 계단에는 점차 인간적인 가치가 덧씌워지는 듯하다. 앞으로 또 어떠한 가치가 이 계단을 변화시킬지 오래오래 지켜볼 일이다.

해방촌
(용산동2가)

지금까지 남산 아래 동네, 후암동에 남은 일제강점기의 흔적들을 되짚었다. 이제 해방을 맞이한 남산 구릉지 동네, 해방촌*을 걸어볼 차례다. 일제강점기, 일제는 유독 남산에 집착하였다. 남촌 일본인 거류지를 시작으로 일본군 20사단 주둔지, 조선신궁, 경성호국신사, 통감부, 이 모든 시설들이 남산 일대에 터를 잡고 있었다. 이렇게 중요한 남산을 일제가 아무렇게나 관리했을 리 없다. 특히 조선신궁이 자리한 남산 중턱과 그 위로는 일반인의 접근을 철저하게 통제하였다.

　하지만 1945년 일제가 패망하면서 남산은 무주공산이 되었다. 해방을 맞이하여 고국으로 돌아온 한국인과 이념 갈등으로 북한을 떠나야 했던 탈북민들이 서둘러 빈터를 채우기 시작했다. 정부도 마냥 손을 놓고 있을 수만은 없어 1948년, 일본군 20사단의 사격장으로 쓰이던 용산동2가 일대 국유지를 해방촌 정착민들에게 대부하였다.[6] 용산동2가 일대 구릉지 주거지역은 그렇게 해방과 함께 시작된 마을, 해방촌으로 불리게 되었다. 해방촌은 6·25전쟁 중 맹폭을 받고 폐허가 되었음에도 판자촌은 잡초처럼 되

●　이 장에서 다루는 지역은 해방촌뿐 아니라 후암동의 일부도 포함되지만, 편의상 남산 자락 구릉지 동네를 통칭하여 해방촌이라 부르겠다.

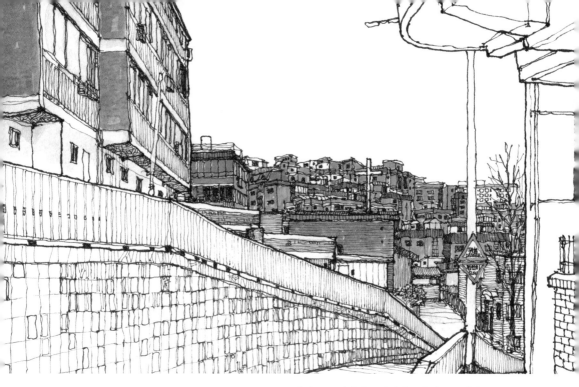

▲ 후암동 두텁바위로 산정현교회 인근 고갯길

살아나 거침없이 확장되었다. 1960년대부터 서울시는 판자촌 주민에게 토지를 불하하였고 지속적으로 필지를 구획, 정리하고 가로 폭을 확대하였다. 해방촌 주민들 역시 1970년대부터 자발적인 합필과 재건축을 소화해내며 오늘날과 같은 주거환경을 일구는 데 큰 역할을 하였다.[7] 이렇게 해방촌은 자력 재개발을 통해 도시조직을 유지하는 방식으로 조용하고 은근하게 개발 시대를 보냈다. 당시 서울 곳곳이 공사판이던 점을 감안하면 분명 눈여겨볼 전개였다. 오히려 2000년대 이후를 기점으로 뜻하지 않은 변화가 극적으로 찾아왔다.

▲ 해방촌 일대 구릉지 주택들

산비탈을 도려내고 무질서하게 주워 붙인 판잣집들이었다. 철호는 골목
으로 접어들었다. 레이션 곽을 뜯어 덮은 처마가 어깨를 스칠 만치 좁은
골목이었다. 부엌에서들 아무 데나 마구 버린 뜨물이 미끄러운 길에는 구
공탄 재가 군데군데 헌데 더뎅이 모양 깔렸다.

_이범선, 〈오발탄〉

전후 1950년대 비천하고 혼란스러운 해방촌의 삶을 그린, 작가 이범선의 소설 〈오발탄〉은 오랜 기간 해방촌을 언급할 때 빠지지 않고 등장했다. 한국 문학사에 남긴 족적이 큰 이유도 있지만, 불과 몇 년 전까지만 하더라도 (비록 소설과는 비교도 안 될 정도로 나아졌음에도 불구하고) 외지인들의 머릿속에 떠오르는 해방촌 이미지는 소설 속에 묘사된 풍경과 크게 다르지 않았기 때문이다. 그들에게 해방촌은 재개발이 시급한 대표적인 고밀도 불량 주거지일 뿐이었으며 주민들 역시 그들의 동네를 '돛단배'[8]라 부르며 젊은이들과 외지인으로부터 외면받는 고립된 공간으로 받아들였다. 이것은 불과 10여 년 전의 일이었다. '힙'한 공간을 찾는 젊은이들의 발길이 끊이지 않고, 연예인들까지 나서서 다 쓰러져가는 건물을 매입하며, 조망이 시원스러운 옥상이라도 있는 집이라면 어김없이 고가로 매매되고 임대되는 오늘날 해방촌을 보고 있노라면, 그 짧은 시간 동안 도대체 이 동네에 무슨 일이 있었던 것인지 의아할 뿐이다.

"도시가 잘 팔려야 나라가 부자가 된다"던[9] 오세훈 시장이 2006년 해방촌을 포함한 강북 지역을 강남 수준의 주거지로 개발하겠다는 '유턴 프로젝트'와 2009년 남산과 용산민족공원을 잇는 '남산 그린웨이 프로젝트'를 발표하자 해방촌 일대 부동산시장은 들썩이기 시작했다. 외지인들은 지분 쪼개기와 같은 편법을 동원하여 땅을 사들였고 용산구는 이러한 투기를 막기 위해 개발행위를 제한하였다. 이해관계가 복잡하게 얽히자 해방촌 재개발사업은 길을 잃고 헤매기 시작했다. 게다가 2010년 지방선거로 지역구 단체장이 대거 교체되었고, 무상급식 찬반 주민투표에서 패배한 오세훈 시장이 2011년 시장직에서 물러났다. 도시정책의 방향은 빠르게

해방촌오거리에서 본 해방교회

번듯한 석재 마감으로 증축된 해방교회의 예배당(1991년 준공)
은, 해방촌 구릉지를 번잡스럽게 뒤덮은 올망졸망한 건물 중
가장 눈에 띄는 해방촌의 랜드마크이다. 해방 이후 용산동2가
구릉지에는 유독 평안북도 선천에서 넘어온 월남인들이 많이
몰려들었다. 주로 개신교 신자였던 그들은 종교의 자유를 찾
아 월남하여 이곳 해방촌에 정착하였고 1947년 해방교회를
창립하였다.

'대규모 재개발'에서 '도시재생'으로 전환되었고 2013년 말 '도시재생활성화 및 지원에관한특별법'이 제정되었다. 결국 2014년 해방촌 재개발사업은 좌초되었고 이듬해 서울시는 해방촌을 '도시재생활성화지역'으로 선정하였다. 그렇게 재개발 시대가 막을 내리고 재생 시대가 시작되었다. 흥미로운 것은 2010년 전후 해방촌에 거대한 변화가 예고된 상황에서 역설적으로 우리가 알고 있는 핫플레이스와 힙한 공간이 태동했다는 점이다. 재개발에 대한 기대감으로 건축행위가 제한되면서 저렴한 임대료의 점포들이 쏟아지며 예술 마을과 해방촌 책방, 루프탑 카페, 레스토랑 등이 들어섰다. 덩달아 각종 매체에서 해방촌의 개성적인 공간들을 소개하고 개인들 역시 SNS를 통해 해방촌의 이국적 카페와 이색적인 맛집을 경쟁적으로 공유하면서 그동안 해방촌이 갖고 있던 고립되고 낙후된 이미지는 빠르게 반전되었다. 그렇게 해방촌에서 쏜 오발탄은 오랜 세월 허공에서 맴돌다가 드디어 목표물에 명중하는 듯 보였다.

그러나 생명(生)이 있는 곳에 죽음(死) 역시 따라다니듯 해방촌이 뜨자 '젠트리피케이션'도 함께 찾아왔다. 놀랍도록 예외 없는 현상이었다. '뜨는 동네'와 '젠트리피케이션'은 늘 짝을 지어 이 동네 저 동네를 돌아다녔다. 임대료는 치솟았고, 상인들은 쫓겨났으며, 마을 공동체는 붕괴되었다. 주민들을 위한 근린생활시설은 관광객들을 위한 요식업소로 대체되었고 그것조차 트렌드에 따라 수시로 업종이 바뀌어, 해방촌은 말 그대로 곳곳이 '공사판'이 되었다.

오늘날 해방촌 곳곳에는 서울시가 지원하는 다양한 재생사업들이 추진되고 있음에도, '쫓겨나는 속도만 다를 뿐' 결과적으로 지역 주민이 내몰

▲ 해방촌 신흥시장 앞

림을 당하는 현상은 크게 달라지지 않았다. 이에 서울시는 젠트리피케이
션에 대한 대책을 꾸준히 내놓고 있지만 뾰족한 수는 없어 보인다. 애초부
터 빠르게 뜨지 않고 조용히 그리고 천천히 살아났으면 어땠을까? 행여 젠
트리피케이션이 피할 수 없는 생로병사의 과정이라면 그로 인하여 발생되
는 많은 문제들 역시 인내심을 갖고 해결해야 할 것이다.

　　해방촌에서 벗어나 녹사평대로에서 다시 해방촌 구릉지를 바라본다.

▲ 신흥로에서 해방촌오거리 방향으로 올라가는 언덕길

마치 하나의 거대한 건축물처럼 조화를 이루고 있으며 동시에 살아 있는 생명체처럼 유기적인 형상을 띠고 있다. 저 거대한 생명체의 주름 하나하나에는 해방촌을 거쳐 간 수많은 사람들의 삶이 마치 레코드판의 소리골처럼 꼼꼼하게 기록, 저장되어 있을 것이리라. 어떤 동네는 도시재생, 그리고 어떤 동네는 대규모 재개발이라는 각기 다른 운명의 길을 걷고 있다. 아마도 10년이 채 지나지 않아 나의 스케치 중 몇몇은 도통 어느 동네의 풍경

을 그린 것인지 짐작하기조차 어려워질 것이다. 그나마 이곳 해방촌은 큰 변화가 없을 것임에 다행이라 해야 할까? 하지만 알 수 없다. 또 다른 위정자들이 권력을 잡기 위해 어떠한 도시정책으로 이 해방촌을 흔들어놓을지. 별것 아닌 듯 보이는 도시경관에 자꾸 시선이 머물게 됨은, 그리고 어설픈 스케치로나마 그것들을 기념하고자 함은 아무래도 이런 이유 때문일 것이다. 사진과 영상, 도면 그리고 세밀하게 작성된 생활문화 보고서가 있을지라도, 그럼에도 만족할 수 없는 그 외의 모든 것들에 대한 집착 때문일 것이다.

◀ 녹사평역 쪽에서 바라본 해방촌 구릉지 전경

후암동의 새로운 주거문화

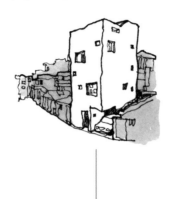

협소주택
용산구 후암동 일대

60평 이상의 택지 위에 지어지는 일반적인 주택과 달리 협소주택은 10~20평 내외의 소규모 택지 위에 지어진다. 후암동에서 협소주택을 심심찮게 찾아볼 수 있는 건, 일제강점기에 구획된 소규모 택지와 길모퉁이 자투리땅이 곳곳에 많이 존재하기 때문이다. 그러고 보면 후암동의 협소주택은 '문화주택'과 유사하게 지역의 역사적 특성이 물리적 현상으로 드러난 것이라 할 수 있겠다. 한국은 협소주택이 이제 막 시작 단계지만, 일본은 '협소주택의 나라'라고 할 수 있을 정도로 보편화되어 있다. 흥미롭게도 일본에서 협소주택은 영업 기반이 약한 젊은 건축가가 이름을 알릴 수 있는 등용문 역할을 한다고 하니, 한국에서도 협소주택을 통해 더욱 많은 건축가가 이름을 알리는 환경이 조성되길 바란다.

거장의 제자

밀레니엄힐튼 서울
중구 소월로 50

'현대건축의 거장'을 논할 때 빠지지 않고 등장하는 두 인물이 있다. 바로
'르코르뷔지에'와 '미스 반데어로에'다. 두 건축가는 현대건축사에 길이
남을 작품뿐 아니라 1950~60년대 지독히 가난하고 존재감 없던 나라, 한
국 국적의 제자를 한 명씩 남겼다. 이후 두 제자는 한국 건축의 거목으로
성장하는데, 바로 김중업과 김종성이다. 그중 건축가 김종성은 미스 반
데어로에의 사무실에서 10년간 일하며 미스의 건축철학을 체득하고 발
전시켰다. 그런 그가 일리노이 건축대학 학장직을 버리고 1970년대 후반
고국으로 돌아오게 된 계기는 바로 힐튼호텔 프로젝트를 수행하기 위함
이었다. 역시 건축가의 명성은 자리가 아닌 작품으로 드러나며, 거장의
제자는 타이틀이 아닌 실력으로 증명된다. 힐튼호텔 아트리움의 시원한
공간감과 고급스러우면서도 정교한 로비 인테리어를 보고 있으면 더욱
그런 생각이 든다.

서울의 랜드마크

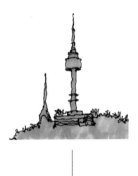

남산서울타워
용산구 남산공원길 105

서울의 상징, 남산서울타워는 오늘날 시민들과 관광객들에게 많은 사랑을 받고 있지만 시작은 그다지 순탄치 못했다. 남산서울타워의 준공을 앞둔 1974년 5월, 한국일보에 실린 '북의 땅 송악이 보인다'라는 제목의 기사는 박정희 당시 대통령의 심기를 건드렸다. 북한이 장사정 무기로 서울을 공습할 때 높이 솟은 타워가 기준점이 될 수 있고, 아울러 타워 위에서 청와대를 향해 조준사격이 가능하다는 이유 때문이었다. 즉시 전망대 사용 중지 명령이 떨어졌다. 결국 남산서울타워는 박 전 대통령이 사망한 후 1980년에 이르러서야 비로소 일반 시민에게 개방되었다. 행여 그때 그의 격노가 심하여 철거 명령이 내려졌다면 어땠을까? 남산서울타워 없는 남산이라······. 아마 팥소 없는 찐빵처럼 허전해 보일 것이다. (장종률 설계)

제2부

서울역 서측 : 구릉지와 철길

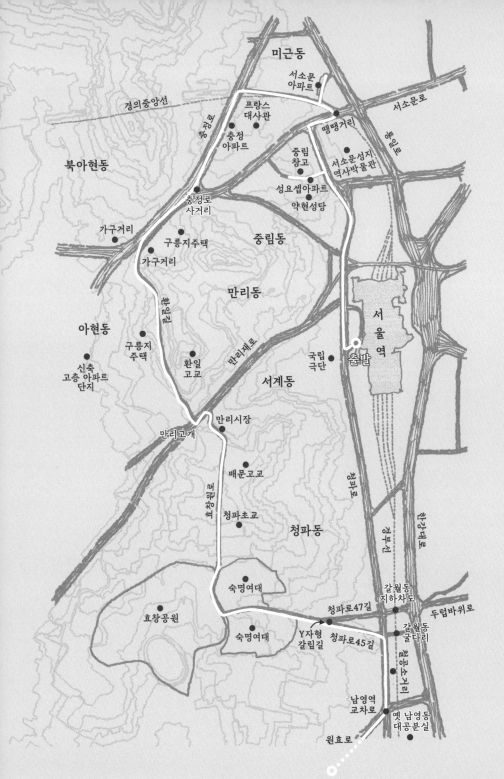

미근동

서소문
아파트

경의중앙선

서소문로

프랑스
대사관

땡땡거리

충정로

충정
아파트

북아현동

중림
창고

서소문성지
역사박물관

성요셉아파트

충정로
사거리

약현성당

중림동

가구거리

구릉지주택

서울
역

가구거리

만리동

출발

환일길

아현동

구릉지
주택

국립
극단

환일
고교

만리재로

신축
고층 아파트
단지

서계동

만리시장

청파로

만리고개

경부선

배문고교

효창원로

청파초교

청파동

갈월동
지하차도

한강대로

숙명여대

청파로47길

두텁바위로

효창공원

갈월동
굴다리

숙명여대

Y자형
갈림길

청파로45길

철길삼거리

남영역
교차로

옛 남영동
대공분실

원효로

도착

다섯 번째
걷기

성요셉
APT

구릉 위 내려앉은
서울역 뒤 삶의 터전

중림동,
충정로

　목적지 역에 도착한 기차 여행객들의 움직임은 대부분 동일하다. 승강장에 첫발을 디딘 사람들은 계단이나 승강기, 에스컬레이터 등을 이용하여 기차선로와 높이가 다른 곳으로 수직 이동한다. 그런 다음 구름다리나 지하보도와 같은 입체 보행로를 통해 기차선로를 안전하게 가로지른 뒤 매표소, 대합실, 편의시설 등이 모여 있는 중앙홀(concourse)에 이른다. 이곳에 다다르기까지 사람들의 움직임은 마치 숙련된 조교처럼 빠르고 신

▼ 서계, 청파동 구릉지와 그 너머

▲ 서울역 서측에서 바라본 서계동 국립극단과 구릉지 동네

속하며 일률적이다. 하지만 이내 사정은 달라진다. 행선지와 교통수단에 따라 사방에 흩어져 있는 서로 다른 출구를 향해 사람들은 헤매고 두리번 거리다 다시 되돌아간다. 그렇게 다다른 서울역 정문 밖 세상에는 너른 광장이, 수많은 차들이, 높다란 빌딩들이 기염을 토하고 있었고 숭례문과 인왕산, 청계천, 남산 인근 동네들이 시대와 공간을 달리하여 끊임없이 생성, 소멸, 개발, 재생되고 있었다.

앞선 '도시 걷기'의 시작이 서울역 동측 정문이었다면 이번에 내가 나설 문은 그 반대편인 서울역 서측 후문이다. 후문을 나서면 목적지를 향해 바쁘게 움직이는 사람들 너머로 구릉지 주택가가 아련한 형체를 드러낸다. 자주 봐서 그럴까? 왠지 반갑다. 완만한 구릉지 지형을 따라 크고 작은 건물들이 단을 이루며 촘촘하게 박혀 있고 가장 높은 곳엔 십자가를 높게 세운 교회(청파중앙교회)가 응당 그래야 한다는 듯 자리하고 있다. 구릉지 능선과 깨알 같은 건물들은 그렇게 남쪽과 북쪽으로 이어져 있다. 저 멀리 북한산에서부터 시작된 산줄기는 남쪽 방향으로 북악산과 인왕산, 안산을

▼ 용산까지 이어지는 서울 강북의 산줄기

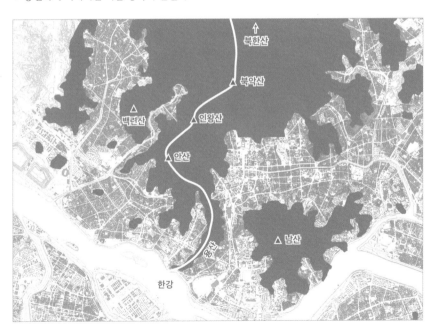

170

거쳐 북아현동, 아현동 그리고 여기 서계동, 청파동에 이르렀다. 그리고 다시 저 구릉지 능선은 높이를 달리하며 신공덕동과 도화동, 산천동 일대를 지나 한강에 이르러서야 비로소 흐름을 멈춘다. 그 형상이 꿈틀거리는 용을 닮았다 하여 예로부터 이곳을 용산(龍山)[1]이라 불렀다.

또한 후문 밖 세상에는 서울역을 중심으로 양팔처럼 뻗어 나온 철로가 중구와 용산구, 마포구, 서대문구를 관통하며 서쪽을 향해 연속적으로 이어져 있다. 이 지역 대부분은 경부선과 경의선이 부설되고 난 이후에 사람들이 모여들고 도시조직이 생성되었다. 그런 이유로 경부선과 경의선(현

▼ 서울역 서부의 세모꼴 철로 형상

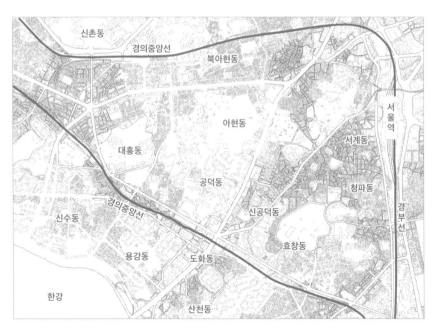

경의·중앙선)이 이루는 세모꼴 형상의 철로와 그 위에 점점이 자리한 기차역은 지역 도시 생성과 변화에 지대한 영향을 미쳤다.

　이제부터 나는 용산 능선과 세모꼴 노선의 기찻길이 만들어놓은 동네들을 다녀볼 것이다. 정확히는 서울역 서측에 자리한 언덕 동네, 그리고 세모꼴 철길의 밑변, 즉 최초 경의선 본선이자 용산선이었던, 오늘날 경의·중앙선으로 불리는 철길 주변 동네들이다. 많고 많은 동네와 길 중 왜 하필 구릉지와 철길 주변이냐고 묻는다면 역시나 '도시의 생성과 변화' 때문이라고 답해야 할 것이다. 철길과 구릉지는 일제강점기부터 개발 시대, 2000년대 이후를 거치며 온몸에 새긴 풍상이 유독 선명하게 드러나는 장소이다. 가벼운 도시 걷기만으로도 그 생성과 발전, 쇠퇴, 부활의 과정을 흥미롭게 읽어볼 수가 있다.

　발걸음을 시작하기 앞서 구체적인 경로를 잡아본다. 서울역 북쪽 철길과 용산 능선 주변에는 중림동, 미근동, 충정로3가, 아현동, 북아현동이 자리하고 있다. 옛말에 '불안돈목(佛眼豚目)', 돼지의 눈에는 돼지만 보이고 부처의 눈에는 부처만 보인다는 말이 있는데 과연 틀린 말이 아니다. 건축을 하는 사람에겐 제일 먼저 건축이 보인다. 철길과 구릉지 주변 동네를 보고도 나는 엉뚱하게도 애증의 건축이자 대한민국 표준 공동주택, 아파트를 보고 만다. 어쩌다가 이 동네들 사이에서 아파트를 교집합으로 끄집어내게 되었는지는 이제부터 하나하나 확인해보겠다.

　롯데아울렛, 민자 역사, 서울로7017, 철도공사 관련 시설, 그리고 중림동의 낡고 오래된 상가건물들이 두서없이 들어선 청파로를 따라 북쪽으

도로변 상가 뒤로 보이는 약현성당

중림동 언덕은 과거에 약초를 재배하는 밭이 많아 약현(藥峴)
이라 불렸다. 성당의 이름은 여기서 유래했다. 이 언덕이 한반
도 최초 서양식 성당의 터로 결정될 수 있었던 건, 이곳이 조선
최초의 천주교 영세자로서 1801년 신유박해로 순교한 이승훈
의 동네이자 서소문 순교성지를 내려다볼 수 있는 명당이었기
때문이다.

로 이동한다. 청파로와 칠패로가 만나는 삼거리에 이르면 중림동 언덕 위에 들어선 한반도 최초의 서양식 교회, 약현성당이 보인다. 이번에 걸어볼 곳은 약현성당 바로 옆, 눈에 잘 띄지 않는 낡고 오래된 아파트, 성요셉아파트다.

1971년에 준공된 성요셉아파트의 초기 건축주는 아파트 남측 부지에 자리한 약현성당이었다. 종교시설 부지라 굳이 도로와 길게 면하고 있을 필요가 없었기에, 약현성당은 서소문6길에 면한 성당 소유의 북측 대지

▼ 성요셉아파트

를 과일 껍질처럼 얇게 잘라 그 위에 60세대짜리 상가아파트를 지었다. 그리고 이 성당 수호성인의 이름을 따 '성요셉'이란 이름을 붙였다. 특이하게도 아파트는 성당으로부터 돌아서서 북향으로 지어졌다. 남쪽 성당 부지가 아파트 부지보다 높아서 남향으로 창을 내더라도 채광이 불량한 건 매한가지였고, 무엇보다 약현성당은 세속적 아파트가 성스러운 공간과 정면으로 마주하는 것을 허용할 수 없었다.

성요셉아파트는 좁다란 서소문로6길에 면하여 중림동 언덕에 자리하고 있다. '자리한다'는 표현보다 '걸쳐 있다'나 '얹혀 있다'가 더 적절하다. 100미터가 넘는 이 기다란 선형 아파트는 중림동 언덕의 저지대에서부터 고지대까지 고르게 걸쳐 있다. 지대가 낮은 곳에선 높다란 7층*이지만 지대가 높아질수록 밑에서 한 층씩 사라지면서 언덕 정상에선 어느새 나지막한 3층 건물이 되어 있다. 마치 하늘에서 살포시 내려앉아 땅과 만나는 부분을 절삭한 듯 언덕 위에 얹혀 있는 것이다. 건축물에도 인격이 있다면 성요셉아파트의 인격은 겸손이겠다. 겸손의 미덕은 평면에서도 발견된다. 남쪽으로 완만하게 굽은 도로의 형상을 따라 아파트도 동일하게 마디를 굽히고 있다. 건물이 땅의 형상을 따르는 것이 뭐가 그리 대수냐고 물을 수도 있지만, 경사지에 들어서는 요즘 아파트들이 대지를 반듯하게 짓누르고 굽은 도로를 똑바르게 펴낸 땅 위에 거만하게 자리하고 있음을 떠올리면 나의 의견에 수긍이 갈 것이다. 어쨌거나 성요셉아파트는 완만한 곡선

● 동서로 길게 지어진 이 아파트는 동측 낮은 지대 기준으로는 6층이나, 서측의 높은 지대 쪽에 1층이 더 올라가 있어서 전체의 층수는 7층이다.

미근동 땡땡거리

차단기 앞에 멈춰 서서 번잡한 서울 도심 한복판을 미끄러지듯 지나가는 열차의 거대한 전신을 지켜보는 것은 분명 색다른 경험이다. 경의선과 서소문로가 교차하는 지점에 위치한 열차 건널목, 이른바 '미근동 땡땡거리'는 1921년 경의선의 본선이 남대문역(서울역)을 출발하여 수색역으로 이어지는 경로로 변경되며 처음 생겼다. 건널목에 설치된 차단기와 기차 신호등, 'X' 모양의 위험 표지 등은 실제로 사용 중인 안전 설비임에도 마치 테마파크의 소품처럼 장식적이고 이국적으로 느껴진다.

을 그리며 경사져 오르는 전면도로를 겸허히 받아들임으로써 의도치 않게 상당히 입체적인 건축물이 되었다. 그 덕에 서소문로6길을 걷고 있으면 아파트의 입면과 서로 다른 층이 경사진 땅과 관계하는, 상당히 흥미로운 가로 경관을 경험할 수 있다.

성요셉아파트를 다녀왔다면 인근의 서소문아파트를 그냥 지나치기 섭섭하다. 서로 다른 건축주와 건설사에 의해 지어졌음에도 두 아파트는 건물 길이 115미터, 활처럼 구부러진 선형 매스, 저층부 상가, 지상 7층, 심지어 준공년도(1971년)에 이르기까지, 놀랍도록 유사한 특징들을 공유하고 있다.[2] 게다가 서소문아파트는 성요셉아파트와 직선거리로 300미터가 채 떨어지지 않은 가까운 곳에 자리하고 있다. 서소문로와 경의선이 교차하는 미근동 땡땡거리를 지나 충정로6길로 접어들면 기다란 서소문아파트의 일부가 모습을 드러낸다.

생각해보면 별일이 아니었음에도 나는 서소문아파트의 강렬한 첫인상을 잊을 수 없다. 어느 여름, 늦은 저녁이었다. 산책이라도 할 겸 시내를 걷다가 조금 멀리 왔다는 생각이 들 때 즈음, 우연히 들어선 길이 마침 서소문아파트 전면도로였다. 도로 옆 야외 테이블엔 삼삼오오 모여 앉은 주민들이 흥겨운 술자리를 벌이고 있었고, 그들의 머리 위엔 아파트 벽면을 따라 알알이 박힌 수많은 창문들이 현기증 나도록 반짝이고 있었다. 아파트가 완만하게 감싸 안은 거리의 분위기는, 내가 한참을 서서 바라볼 수밖에 없을 만큼 무척이나 아늑하고 인상적이었다.

'서울 서대문구 미근동 215에서 서울 중구 의주로2가 138의 1 앞 하천 복개지역'. 다소 황당한 주소에서 짐작할 수 있듯 서소문아파트는 만초천

▲ 충정로6길 쪽에서 본 서소문아파트

을 복개한 자리 위에 지어졌다. 서울은 하천의 도시라고 해도 과언이 아닐
만큼 수많은 하천들이 핏줄처럼 얽히고설키며 한강까지 이어져 있었다.
하지만 서울시는 도로 확충과 도시 미관 개선을 명분으로 1960년대부터
하천 복개 계획을 수립하고 덮을 수 있는 물길은 모두 덮어버린다. 만초천
역시 이 시기에 복개가 진행되었는데, 서소문아파트가 지어진 미근동 일

대는 특이하게도 민간의 하천 점유를 허가함으로써 자연스럽게 복개된 경우라고 할 수 있다. 지금 상식으로는 사유재산이 하천 위를 점유한다는 것이 말도 안 되는 일이지만 이 아파트가 지어지던 개발 시대만 하더라도 이는 법적, 정책적으로 용인되는 일이었다. 물론 이제는 시대가 변하여 하천 위 건축행위를 법적으로 금지하고 있으며 그로 인해 서소문아파트의 재건축은 꿈도 못 꿀 일이 되어버렸다. 준공된 지 50년이 넘은 이 아파트가 처음 지어졌을 때와 같은 모습을 유지할 수 있었던 것도 그러한 사연 때문이었다.

짧지 않은 역사로 인하여 서소문아파트의 겉모습은 비록 낡고 초라해 보이지만 아파트 자체의 매력까지 초라하지는 않다. 건축가 황두진은 그의 저서 《가장 도시적인 삶》에서 이 서소문아파트를 '가로의 연속성과 도시적 예의범절'이라 평했다. 1층 상가가 건물 내에서만 종결되지 않고 주변 상가까지 연속적으로 이어진 점, 그리고 7동과 8동 사이 개구부로 후면 골목이 자연스레 연결되어 있는 점에서 그는 서소문아파트 특유의 도시적 미덕을 발견했다. 오죽했으면 아파트에서 예의범절까지 찾아야 할 정도로 오늘 우리가 살고 있는 도시의 건축물들이 자기 고립적이고 외부 배타적이며 주변 환경에 대한 배려가 부족했는지, 나를 포함한 건축 관계자들은 반성할 필요가 있다. 그런 관점에서 보았을 때 서소문아파트는 도시 속에서 외부 공간과 소통하며 반응하는, 알면 알수록 매력적인 건축물임이 분명하다.

옛 아파트들의 미덕을 살펴본 김에, 그리 멀지 않은 곳에 자리한 또

▲ 서소문아파트 북측에서 본 가로 풍경

▲ 충정아파트

다른 옛 아파트를 찾아갈 필요가 있겠다. 마침 그 아파트는 한반도에 지어
진 최초의 아파트이자 오늘날 대한민국에 남아 있는 가장 오래된 아파트,
충정아파트이다. 경의선 철길 옆으로 나란히 이어진 충정로6길을 따라 서
쪽으로 걷다 보면 왕복 8차로 대로, 충정로와 경의선을 가로지르는 충정
2교에 이른다. 충정아파트는 충정2교에서 남쪽으로 채 100미터가 떨어지
지 않은 곳에 자리한다.

　내가 처음 충정아파트를 마주한 때는 어느 추운 겨울이었다. 이른 오

후였음에도 고도가 충분치 못한 태양 빛이 콘크리트의 거친 표면에 반사되어 짙은 녹청색의 그림자와 극명한 대비를 이루고 있었다. 그것이 뭐 별거라고 그 추운 날 나는 충정아파트에서 좀처럼 눈을 뗄 수가 없었다. 그렇다고 충정아파트가 건축적 조형미나 매스의 조화, 디테일 등이 빼어나게 아름다운 건축물도 아니다. '대한민국 최초의 아파트'라는 수식어가 따라다니긴 하지만 그 의미는 '기원'이나 '고전'이 아닌, '처음으로 지어진'에 국한된다. 그럼에도 내가 이 아파트에서 눈을 뗄 수 없었던 이유는 이 오래된 건축물에 드리워진 거친 명암 속 깊은 시간의 무게 같은 것 때문이었다. 또한 박노해 시인이 〈오래된 것들은 다 아름답다〉에서 쓴 표현을 빌리자면 "빛바래고 삭아진 저 플라스틱마저 은은한 색감으로 깊어지고" 있기 때문이었다.

　　파란만장한 한국 근현대사를 오롯이 버텨낸 공으로 이 노장 아파트는 훈장 대신 적지 않은 이름들을 얻게 되었다. 그 이름들을 나열하는 것만으로도 이 아파트에 쌓인 90년의 세월을 어렴풋이 가늠해볼 수 있다. 1930년 입주를 시작한 충정아파트의 첫 번째 이름은 '도요타(豊田)아파트'였다. 일본인 건축주 도요타 다네오(豊田種雄)의 이름에서 따온 것이었는데 당시 도요타아파트에는 주로 일본인들이 거주하였으며 특히 젊은 중산층에게 인기가 많았다고 한다.[3] 해방과 6·25전쟁을 맞이한 충정아파트는 서울 수복 후 미군에 귀속되어 '트레머(Traymore)호텔'이란 이름으로 연합군의 숙소로 사용되었다.[4] 전쟁의 총성이 멈춘 이후에도 충정아파트는 바람 잘 날이 없었다. 1961년, 미군으로부터 반환된 이 호텔은 전쟁터에서 여섯 아들을 모두 잃었다는 한 시민(김병조)에게 보상으로 주어지고 이름도 '코리아관광호텔'로 변경된다. 하지만 오래지 않아 그의 사연이 거짓임이 밝혀지며(김병조 사기 사건) 정부는 호텔을 몰수하게 된다. 이후 두어 차례 주인이 바뀌고 다시 1975년 서울은행으로 소유권이 넘어가는 과정에서 이 건물의 용도는 아파트로 변경된다. '유림아파트'는 이때 얻은 새로운 이름이었다. 용도가 아파트로 되돌아오면서 이 사연 많은 건물의 파란만장한 운명 역시 안정을 찾는 듯 보였지만 1979년, 충정로가 4차로에서 8차로로 확장되면서 유림아파트는 건물의 전면이 떡 잘리듯 반듯하게 잘려 나가는 시련을 겪기도 한다.

만신창이가 된 아파트는 1980년대에 이르러 '충정아파트'로 개명하고 나서야 마침내 맘에 드는 이름을 찾기라도 한 것처럼 가장 오랜 기간 같은 이름으로 불리고 있다. 하지만 충정아파트로 불릴 날도 그리 많이 남지 않은 듯하다. 철거 후 재개발과 등록문화재 지정 사이에서 갈팡질팡하던 아파트의 운명은 2019년 서울시에서 인수 후 문화시설로 용도 변경 및 보존하는 방향으로 가닥이 잡히고 있다. 물론 확정된 것은 없다. 보존과 철거 논쟁은 언제나 정치 게임의 부산물인 경우가 많으니까. 다만 오랜 시간 다양한 이름으로 불렸던 그리고 또 다른 이름으로 불릴 충정아파트는, 박노해 시인의 표현처럼 오늘도 "자기 시대의 풍상을 온몸에 새겨가며"(〈오래된 것들은 다 아름답다〉) 그 자리를 지키고 있을 뿐이다.

돌이켜보면 세 아파트, 성요셉아파트, 서소문아파트 그리고 충정아파트는 대한민국 건축사뿐 아니라 도시적, 건축적으로 의미하는 바가 남달라 건축가, 도시학자, 사회학자, 예술가, 일반 시민들에게 꾸준한 사랑을 받아왔다. 이러한 이유로 서울시는 2013년 세 아파트를 포함한 아파트 10곳을 서울미래유산 후보에 올렸지만 소유주의 반대로 단 한 곳도 선정되지 못했다. 아쉽게도 대한민국 주거사적 가치를 바라보는 입주민과 소유주의 시선은 그렇게 호의적이거나 낭만적이지 못했다. 한국에서 아파트를 평가하는 주된 가치는 (비록 그 아파트가 돈으로 환산될 수 없는 역사적 가치를 품고 있을지라도) 결국은 부동산으로서의 가치로 수렴되기 마련이다. 물론 이는 지극히 정상적이다. 재산권 행사는 대한민국 헌법에서 보장하는 개개인의 소중한 권리이기 때문이다. 또한 제아무리 중요한 가치를 품고 있더라도 개개인의 생존이 달린 문제라면 그보다 더 중요할 수는 없을 것이다. 쉽지 않은 문제다. 역사적, 건축적 가치를 품은 아파트의 공공성에 대한 진지한 사회적 논의와 합의가 필요한 시점이 되었다.

아현동,
환일길

앞선 이야기가 일제강점기 그리고 개발 시대에 지어졌음에도 운 좋게(물론 이 말에 동의할 수 없는 사람들도 있겠지만) 그 원형을 유지하고 있는 아파트에 대한 것이었다면, 이제부터는 옛 모습을 유지하지 못하고 그 터를 아파트에게 양보해야 했던, 또는 양보해야 하는 동네들에 관한 이야기이다. 정확히는 2000년대 이후 재개발 대상지로 지정된 북아현동과 아현동

▼ 아현육교에서 바라본 충정로사거리

이 그곳이다.

충정로사거리를 지나 조금 더 남쪽으로 내려가면 북아현동 구릉지와 아현동 구릉지 사이 완만한 고개에 이른다. 이 고개는 예로부터 아이고개 또는 애오개라고 불렸는데 한자로는 '阿峴'(아현)이라 표기하였다. 이제부터 걸어볼 동네, 아현동의 지명은 바로 이 고개에서 유래하였다. 고개 인근 아현육교를 건너 가구점들이 빼곡하게 들어선 손기정로1길을 따라 걷다 보면 어느새 아현동 언덕으로 오르는 환일길 길목에 접어든다. 여기쯤에서 고개를 돌려보니 좀 전까지 대로변 건물에 가려 잘 보이지 않던 북아현동이 온전한 모습을 드러낸다. 언덕 위 촘촘하게 밀집한 주거지 풍경이 흡사 거울에 비친 아현동처럼 보인다. 본격적으로 아현동 언덕에 오르기 앞서, 저기 고개 너머 자리한 쌍둥이 동네, 북아현동에 대해 언급하지 않을 수가 없겠다.

북아현동은 서대문구 안산(무악산)에서 동남쪽 방향으로 뻗어 나가는 능선의 아래에 자리하고 있다. 북아현동은 일제강점기 경성부, 지금으로 치면 서울시 행정구역으로 편입된 이후 토지구획이 정리되면서 주거지로 개발되었다. 하지만 지금과 같은 고밀도 주거지는 앞서 다녀간 해방촌과 동일하게 해방과 전쟁 이후, 서울로 몰려든 실향민과 이농민의 판자촌에서 시작되었다. 변화 및 발전의 과정도 크게 다르지 않아서, 1971년 무허가 건물 양성화 이후 자력 재개발과 환경 개선을 거치며 북아현동은 지금과 같은 도시조직을 갖추게 되었다. 다만 해방촌과 차이가 있다면, 북아현동은 2005년 3차 뉴타운사업지구로 지정된 이후 재개발사업이 빠르게 진행되었다는 점이다.

▲ 환일길 초입에서 바라본 북아현동 구릉지

북아현로를 중심으로 서측에 위치한 북아현1재정비촉진구역(북아현
1구역)에는 이미 수년 전 허름한 옛 건물들이 모두 사라지고 번듯한 아파트
만이 의기양양하게 솟아 있다. 그림 속 구릉지, 북아현2재정비촉진구역(북
아현2구역) 역시 2008년 정비구역으로 지정되었다. 사업 추진이 1구역만큼

원활하지 못하여 당분간 지금과 같은 모습을 유지할 것으로 보인다. 하지만 굴곡진 언덕에 눈처럼 내려앉은 붉은 벽돌들도 머지않은 미래에 사라질 것이고, 대신 어디에 있어도 상관없는 콘크리트 탑들이 머쓱하게 서 있을 것이다.

이쯤 되면 궁금해진다. 마치 개발 시대의 '새마을'운동을 연상시키는 '뉴타운'사업은 도대체 무엇이길래 앞서 다녀간 동네와 '주민들의 삶터를 그렇게 뭉텅뭉텅 지워버린'[5]걸까? 2002년 서울시는 큰 변화를 맞이하게 된다.* 제3회 지방선거에서 한나라당 이명박 후보가 제32대 서울시장으로 선출된 것이다. 시대가 그러했다. 1990년대 말, 2000년대 초 대한민국은 IMF를 졸업하기 위해 많은 희생을 치러야 했다. 시민들은 눈부신 성장을 이루던 개발 시대를 그리워하고 있었고 그 와중에 등장한 대형 건설사 CEO 출신 이명박에게 큰 기대를 걸었다. 대부분의 개발사업이 그렇지만 명분과 취지는 매우 긍정적이고 바람직하다. 뉴타운사업은 '시민의 삶의 질 개선'과 '지역불균형발전의 해소'를 목표로 시작되었다. 그리하여 2002년부터 2006년까지 3차에 걸쳐 총 26개 지구, 약 23.8제곱킬로미터, 여의도의 5.3배에 이르는 면적이 뉴타운사업지에 포함[6]되었다. 불도저 시장 김현옥도 울고 갈 추진력이었다.

물론 긍정적인 면도 있었다. 인과관계는 차치하더라도 마용성(마포·용산·성동), 용광성(용산·광진·성동)이란 신조어가 등장할 정도로 강북에도

● 이명박 전 시장이 추진했던 각종 서울시 개발사업들이 전국적으로 확산된 것을 보면, 이는 비단 서울시만의 변화가 아닌 전국적인 변화였다고 할 수 있다.

각광받는 주거지가 탄생하였으니 말이다. 문제는 추진 방식이었다. 이미
언급한 대로 규모와 속도, 내용이 문제였다. 성급한 지구 지정, 부실한 계
획, 공공지원 부재, 원주민 이전 등 문제점이 여기저기서 드러났다. 누군가
의 삶터를 하루아침에 바꾼다는 것이 그렇게 쉬운 일은 아니었다. 요란하
게 추진된 사업이었지만 2017년 기준으로 완료된 사업은 네 곳 중 한 곳이
라는 초라한 성적표를 받았다. 어쨌거나 북아현동, 아현동 등 뉴타운사업
은 현재진행형이다.

　　환일길 오르막길을 마저 걸으며 주변을 둘러본다. 길 서측의 저층 주
택 너머 빽빽하게 들어선 고층 아파트들이 대번에 눈에 띈다. 불과 10여 년
전만 하더라도 환일길에서 내려다보이는 아현동 일대 주택가 풍경은 막힘

▼ 신축 고층 아파트에 둘러싸인 아현동 저층 주택들

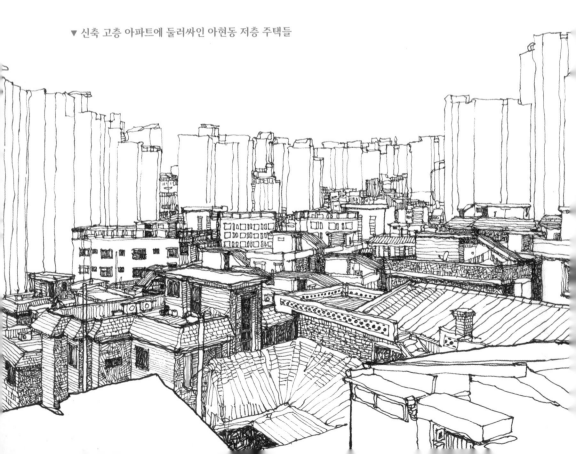

없이 시원했다. 하지만 아현동 일대에 집중적으로 지어진 고층 아파트가 시야를 가로막으며 이제는 그 경관이 답답하기 그지없다. 마치 신식 무기로 중무장한 아파트들이 남아 있는 원주민 주거지를 포위하고 있는˙ 형국이다.

그런 와중에, 엉뚱하게도 이 동네는 세계적 주목을 받게 되었다. 2020년 아카데미 영화제를 석권한 영화 〈기생충〉 속 달동네의 실제 배경이 이곳 아현동이었기 때문이다. 영화 팬들의 발길이 이어졌음은 물론이요, 마포구는 심지어 아현동 촬영지를 관광 코스로 개발하겠다는 웃지 못할 계획을 발표하기도 했다. 어쨌거나 이곳 아현동은 영화에서 그려진 대로 대부분의 주택들이 1970~80년대 지어진 데다가 재개발에 대한 기대감으로 건축행위마저 제한되면서 낡고 허름한 분위기가 지배적이다. 이끼 낀 주택 벽면과 산발한 전신주, 균열이 간 콘크리트 계단과 옹벽 곳곳에는 지워지지 않는 세월의 때가 깊숙하게 스며들어 있다. 언론까지 가세하여 '마지막 퍼즐'[7]이나 '마지막 알짜'[8]와 같은 표현을 써가며 이곳이 하루빨리 정리되어야 할 불량 주거지임을 상기시키고 있다. 하지만 토박이 주민들에게 이곳은 여전히 살기 좋은 동네이며, 아현동에서 발견할 수 있는 도시적, 건축적 가치 또한 그렇게 빨리 사라져야 할 것만은 아니다.

몇 해 전 내가 처음 환일길을 우연히 걷게 되었을 때 가장 인상적이었

● 실제로 환일길 위아래에 자리한 아현동 699번지 일대는 아현1구역이라는 이름으로 재개발 지정이 추진되고 있다.

▲ 굽고 경사진 환일길 가로 경관

던 것은, (영화에서 그려진 낡은 동네 분위기가 아니라) 굽고 경사진 길을 따라 들어선 건물들의 흥미로운 가로 경관이었다. 가로 경관은 길을 따라 들어선 건물들, 특히 길에 면한 건축물의 입면(elevation)에 의해 결정된다. 입면은 사람으로 치면 얼굴과도 같아서, 건축 외부에서 건축을 파악하고 이해하는 데 매우 중요한 요소이다. 하지만 좁다란 골목길에서 건축물의 온전한 얼굴을 바라보기란 쉬운 일이 아니다. 보다 정확히 말하면, 시야각의 한계 때문에 길의 한쪽 끝에 바짝 붙어 서더라도 맞은편 건축물의 입면이 한눈에 들어오지 않는다. 반면 굽은 길 그리고 경사진 길에선 각도를 달리하며 드러나는 건축물의 얼굴을 비교적 쉽게 바라볼 수 있다. 똑같은 대화를 하고 있더라도 얼굴을 마주하며 나누는 대화가 더욱 긴밀해지는 것처럼, 건축물의 얼굴, 입면이 잘 보이는 길일수록 걷기가 흥미롭고 공간 자체에 집중하게 된다. 서둘러 지나치게 되는 다른 통과 길과 달리 환일길에서 나의 걸음걸이가 진중해짐은 이 때문일 것이다. 도시 속에서 나는 좀 진중하게 걷고 싶다.

환일중·고교의 높다란 석축을 따라 걸으면 환일길은 어느새 내리막이다. 길의 끝단, 만리재로에 가까워지는 지점쯤, 비교적 최근에 지어진 재개발 아파트 단지가 주변과 잘 어울리지 못한 채 혼자만 말쑥한 모습으로 자리하고 있다. 기존 만리동 도시조직과 새로 들어선 아파트 단지가 충돌하면서 생긴 파편은 마치 박제된 옛 동네의 표본처럼 어색하고 생뚱스럽게 남아 있다. 머지않은 미래의 환일길과 아현동의 모습일까? 불안한 마음이 든다.

▼ 환일고교 옆 언덕 동네

▲ 환일길 끝, 옹벽 위의 주택

지금까지 시대에 걸쳐 모습을 달리한 다양한 아파트들을 살펴보았다. 옛 아파트들은 그나마 도시와 잘 어우러져 있는데 앞으로 지어질 아파트들이 걱정이다. 경사지에 들어선 다양한 삶과 흥미로운 가로 경관들을 살리면서도 주거환경을 개선할 수 있는 방법은 없을까? 가볍지 못한 마음으로 환일길의 끝, 만리고개에 이른다.

청파동,
원효로1가

　　북한산에서 시작된 산줄기는 남쪽 방향으로 북악산과 인왕산, 안산을 거쳐 북아현동, 아현동, 서계동, 청파동, 효창동, 신공덕동, 도화동, 산천동 그리고 한강까지 구릉지를 이루며 구불구불, 들쑥날쑥, 길게도 이어져 있다. 그렇게 산줄기를 따라 솟아 있는 여러 개의 크고 작은 봉우리와 봉우리 사이, 능선의 가장 낮은 부분을 고개 또는 재, 현(峴)이라고 부른다. 만리고개는 아현동에서 서계동으로 이어지는 구릉지 능선의 가장 낮은 부분을 가리킨다. 이런 만리고개는 중구와 용산구와 마포구, 3개의 행정구가 만나는 접점이자, 동서남북으로 아현동과 서계동과 공덕동과 만리동2가, 총 4개 법정동의 경계, 그리고 환일길, 만리재로, 만리재옛길, 효창원로 등 사방으로 이어진 길들의 교차점이기도 하다. 선택지는 많이 있지만 내가 갈 곳은 이미 정해져 있다. 서울역 후문을 나섰을 때 제일 먼저 보이던 동네, 용산구 서계동과 청파동 언덕이 그곳이다.

　　언덕으로 오르는 길은 그리 만만하지 않다. 가파른 경사로인 효창원로를 따라 힘겹게 발걸음을 놀려야 어렵사리 푸른 언덕, 청파(青坡)에 이를 수 있다. 효창원로 오르막에 접어들면 방앗간에서 풍기는 고소한 냄새와 함께 다양한 청과물과 형형색색 잡동사니 물품이 어우러진, 마치 시골 읍

▲ 만리시장 거리

내를 떠올리게 하는 만리시장 거리가 펼쳐진다. 만리시장은 상가건물형 시장으로 1968년 개장하였다. 가파른 경사로를 따라 층지며 들어선 점포들의 구성이 흥미롭다. 발달된 건설기술로 경사지를 맘대로 평탄화, 지하화하고 그 자리에 정형화된 직육면체 건물을 어떻게든 욱여넣는 요즘 대형 상가건물과는 땅을 대하는 자세부터 다르다.

건축설계는 끊임없는 의사결정의 과정이다. 건축 설계자*는 건물이 들어설 땅의 크기와 위치부터 건물의 규모와 배치, 각층 평면, 단면, 입면과 벽체의 재료, 실제 설치될 창문과 변기, 문고리 하나까지, 큰 그림에서 작은 그림으로 이어지는 모든 것들을 선택하고 결정한다. 이러한 과정에서 건축법 등의 규제·의무 사항을 제외한 그 외의 모든 것들은 설계자의 가치관에 의해 결정되는데, 가장 보편적인 가치관은 모두가 예상하는 바와 같이 '경제성'이다. 경제성이 의사결정의 주된 기준이 되면 외벽면은 요철 없이 단순한 장방형이야 하고, 평면은 동일한 타입으로 반복되어야 하며, 자재는 빠르고 간편하게 설치될 수 있어야 한다.

이러한 가치관으로 만리시장과 그 뒤편에 자리한 서계동 주거지역을 바라보면 차마 눈을 뜨고 봐줄 수 없는 비경제성과 비효율의 아수라장이 보일 것이다. 서계동 건축 대부분이 토지 활용도를 떨어뜨리는, 고르지 못한 대지 위에 들어서 있으며 그 형상 또한 모두 제각각인 데다가 심지어 벽돌을 한 장 한 장 쌓아야 하는 조적조로 지어졌기 때문이다. 하지만 역설적이게도 구릉지 주거지역의 집주인들에게 경제성은 그 무엇보다도 절대적인 의사결정의 기준이었다. 다만 그들은 각자가 필요한 시점에 최소의 투자로 최대의 효과를 추구했을 뿐이다. 그러고 보면 경제성이란 가치관 역시 대상과 방법, 시대에 따라 다르게 적용된다. 비단 경제성뿐일까? 시대에 따라 개념과 중요도를 달리하는 다양한 가치관들은 끊임없이 건축, 도

---

* 법적으로 건축설계를 할 수 있는 자격은 '건축사'에게만 부여되나, 여기서는 설계의 전체 과정에 참여하는 관계자를 통칭하여 '설계자'라 부른다.

▲ 만리시장과 배문고교 사잇길에서 바라본 서계동 및 청파동 구릉지

시를 재해석하며 새로운 가치를 부여하고 지양해야 할 의미를 제거하고 있다.

　마찬가지로 구릉지 주거지를 바라보는 사회적 시선 역시 예전과는 조금 달라진 듯하다. 먼저 다녀갔던 후암동, 해방촌, 아현동을 포함하여 여기 서계, 청파 구릉지 위에 안착한 수많은 집들에선 마치 언덕 위 들꽃과 같은 강인한 생명력이 느껴진다. 각각의 집엔 각자의 환경에 순응하고 각기 다른 제약 조건들을 극복해낸 언덕땅 위 생존방식이 담겨 있다. 마치 형태가 없는 인간의 삶과 문화, 생활방식이 건축 재료에 의해 물질적으로 조형되고, 자라며 그렇게 나이 들어가는 듯하다. 물론 구릉지 주거지를 바라보는 시선은 여전히 긍정적*이지 못한 경우가 많고, 각자가 자신의 상황과 이해관계에 따라 모두 상이한 생각을 갖고 있다. 어떤 이에겐 오랜 삶의 터전이고, 어떤 이에겐 벗어나고픈 현실이며, 어떤 이에겐 매력적 투자 대상일 뿐이다. 나처럼 건축적이나 도시 경관적인 의미를 찾으려는 사람이 있는가 하면, 서둘러 개선되어야 할 도시 흉물로 바라보는 사람도 있다. 이러한 구릉지를 바라보는 다양한 시각 때문에 이곳의 미래에 대해 이야기할 때면 '재개발이냐 도시재생이냐 그것이 문제로다'와 같은 기본적 논쟁부터 시작됨은 물론, 재개발이나 도시재생 내에서도 사람마다 구체적인 방법이나 세부적인 계획에서 의견 차이가 크다.

　서계동은 2차 개발 시대가 한창이던 2007년에 뉴타운 후보지로 지

● 구릉지에 대한 역사·문화·사회적 이해와 그것을 바탕으로 한 문제의식 없이, 오로지 예술적 영감이나 낭만적 관조만으로 구릉지의 이미지를 소비하는 행위는 경계해야 할 것이다.

효창6주택재개발지역

2018년 봄, 그림으로 기록한 청파초등학교 옆 골목. 좁은 길을 사이에 두고 학교와 마주하고 있던 효창아파트와 그 일대 주택, 영세 상가들의 모습은 더 이상 볼 수 없게 되었다. 효창6주택재개발지역으로 지정되어 2018년 11월에 철거가 시작되었고 지금은 아파트 7개 동이 들어섰다.

정되었다. 하지만 2008년 국제 금융위기와 2010년 지방선거, 2011년 서울 시장 교체를 겪으며 재개발의 동력이 쇠하였고 2012년 최종적으로 뉴타운 사업지에서 배제되었다. 갈피를 못 잡고 우왕좌왕하던 서계동의 미래는 2017년 서울시가 '서계동 일대 지구단위계획구역 및 지구단위계획'을 결정, 고시하며 새로운 국면에 접어들었다. 지구단위계획 결정 취지에서 명기된 '노후주택 밀집지역의 계획적, 체계적 관리를 통한 맞춤형 주거지 관리를 위하여'란 문구만 보더라도 앞으로 진행될 서계동 변화의 방향이 도시재생임을 짐작할 수 있다. 결과적으로 서계동 언덕에 자라난 무수한 들꽃들이, 삶의 조형물이 한꺼번에 철거되는 일은 피했다. 하지만 여전히 만족하지 못한 수많은 이해관계자들과 말끔하게 진행되지 못할 각종 행정절차, 사회적 합의, 그리고 도시, 건축, 기술적으로 풀어야 할 구릉지의 물리적 한계까지…… 아직 갈 길이 멀다. 게다가 2021년 오세훈 시장이 재집권을 하면서 좌초된 재개발사업이 재추진되는 사례가, 서계동에서 그리 멀지 않은 청파동(청파1구역)에서 발생하였다. 서계동의 미래는 여전히 숙제투성이다.

효창원로를 따라가다 청파초등학교를 지나면 청파 언덕의 본 주인인 효창공원이 나온다. 본래 이곳은 정조의 첫째 아들 문효세자와 문효세자의 모친 의빈 성씨가 안치된 '효창묘(孝昌墓)'로 처음 조성되었다. 의빈 성씨에 대한 정조의 각별한 사랑은 역사 드라마의 단골 소재가 될 정도로 유명하다. 왕위를 이어야 할 첫 아들에 대한 사랑은 두말할 것도 없었다. 정조가 그토록 절절히 아끼고 사랑한 두 사람이지만 문효세자는 다섯 살 어린

▲ 효창원로에서 바라본 효창공원의 나무숲

나이에 홍역으로 세상을 떠났으며 의빈 성씨 역시 같은 해 임신 중 세상을
떠났다. 이 세상 어떠한 슬픔이 정조의 상심보다 컸겠는가? 맘 같아선 궁
궐 내에라도 묘를 만들고 싶었겠지만 조선에는 도성 내에 능을 조성하지

못하게 하는 규율이 있었다. 그래서 정조는 궁에서 채 10리(4킬로미터)가 떨어지지 않은 청파 언덕에 사랑하는 두 사람의 묫자리를 마련했다.* 아쉬우나마 조선왕조 왕실 묘역 중 도성에서 가장 가까운 곳이었다. 이후 효창묘는 조선 말 고종에 의해 '효창원(孝昌園)'으로 격상되었다.

이렇게 정조 개인적으로나 국가적으로 소중하고 귀하게 보전되어온 공간은 안타깝게도 일제강점기 처참히 짓밟히고 훼손되었다. 일본인들에게 효창원 터는 기차역에 인접하고 남동 방향으로 완만하게 경사진 명당이자 아깝게 놀고 있는 땅, 그 이상도 그 이하도 아니었다. 그리하여 일제(조선 철도국)는 1921년 효창원을 둘러싼 울창한 소나무숲을 밀어버리고 그 자리에 골프장을 조성하였다. 아홉 개의 홀로 된 골프 코스는 흡사 점령군처럼 문효세자의 묘를 에워싸고 있었다고 한다. 비록 골프장은 3년 만에 다른 곳으로 이전되었지만 대신 그 자리엔 공원과 유원지가 조성되었다. 그리고 일제는 패망하기 한 해 전인 1944년, 태평양전쟁 희생자의 충령탑을 설치한다는 명분으로 공원 내 모든 묘역을 고양시 서삼릉으로 강제 이장시켰다. 초라하나마 힘겹게 유지되던 왕실의 묘역이자 정조의 가슴 아픈 사랑의 역사는 그렇게 효창원 터에서 완전하게 제거되었다.[9]

일제가 이렇게 효창원을 못살게 군 이유는 단순했다. 효창원을 포함한 청파, 서계동 일대가 서울역 뒷동네, 즉 역세권인 데다가 지대가 높아 홍수 피해가 적고 토착민이 적어 새로운 거주지로 개발하기에 적합했기 때문이다. 뿐만 아니라 용산 일본군 주둔지와도 가까워 일본인들은 보호

● 이후 순조의 후궁 박씨와 영온공주도 함께 안치되었다.

받는 느낌을 받았다. 이는 앞서 다녀간 후암동이 일본인 거주지로 개발된 것과 일맥상통한다. 이런 이유로 청파동 일대는 일본인이 선호하는 거주지이자 경제활동 무대로 개발되었다. 지금은 아기자기한 상점과 식당, 하숙집이 즐비한, 지극히 한국적인 대학가 동네이지만 지금으로부터 100년 전만 하더라도 이곳에는 일본인 주택과 일본인이 운영하는 건설사, 철공소, 광산업체, 양조장 등[10]이 자리하고 있었다.

　평범한 경관 속에 숨어 있는 일제강점기의 흔적은 또 다른 곳에서도

▼ 숙명여대 정문 쪽에서 바라본 청파로47길

발견된다. 숙명여대 정문을 지나 효창원로에서 청파로 방향으로 걷다 보
면 길이 두 갈래(청파로45길, 47길)로 나뉘는 길모퉁이에 이른다. 나는 도시
를 걷다가 종종 마주치는 이러한 길모퉁이를 좋아한다. 가로와 건물이 입
체적으로 얽히는 모습을 볼 수 있기에 나에게 이만한 눈요깃거리가 없다.
길모퉁이는 도시 속 모든 조직들을 한곳으로 수렴하였다가 다시 외부로
확장하는 듯한 극적인 느낌을 준다.

물론 이곳이 처음부터 갈림길은 아니었다. 그림 속 오른쪽 길은 갈월
동굴다리와 효창공원을 직선으로 이어주는 길로서, 효창원이 일제에 의

▼ 청파로47길(좌)과 청파로45길(우)의 갈림길

해 공원으로 조성되던 1927년에 효창원 진입도로로 처음 개설되었다. 그리고 이 길의 경로는 순전히 갈월동굴다리에 의해 결정되었다. 당시 갈월동굴다리는 일본인이 많이 살던 후암동 일대와 효창공원 사이를 연결해주는 유일한 접점이었다. 그런 갈월동굴다리에서 효창공원까지 최단거리 직선을 그으면 자연스럽게 지금과 같은 도로가 그려진다. 참고로, 지금과 같은 누워 있는 'Y' 자 형상의 갈림길은 1976년 청파로47길 동측 구간이 개설되면서 조성되었다. 경부선 너머 두텁바위로와 연결하기 위해 청파로47길이 개통되었건만 정작 두텁바위로와 청파로47길은 17년이 지난 1993년, 갈월동지하차도가 완공된 후에나 만날 수 있었다.

갈월동굴다리는 청파로45길을 따라 200미터가량 내려가면 나타난다. 문득 궁금하다. 갈월동굴다리는 왜 하필 지금의 위치에 자리했던 걸까? 무슨 사연으로 이 굴다리는 동서로 반듯하게 난 두텁바위로*와 바로 연결되지 않고 굳이 그보다 70미터가량 남쪽으로 어긋난 곳에 자리하여 갈월동지하차도가 들어서기 전까지 오랜 세월 이 일대의 교통 흐름을 엉망으로 만들었던가?

답은 의외로 간단하다. 원래부터 그 자리에 굴다리가 있었기 때문이다. 좀 더 정확히 말하자면 경인선, 경부선 철길이 동서를 가르기 이전부터 이미 이곳엔 물길이 있었다. 갈월동굴다리가 자리한 곳은 인왕산에서 발원하여 한강을 향해 구불구불 흐르던 만초천과, 남북으로 반듯하게 이어지는 철로가 교차하는 지점이었다. 기억날지 모르겠지만, 앞서 언급했던

● 1908년 일본군이 용산에 군사기지를 건설한 시점에 개설되었다.

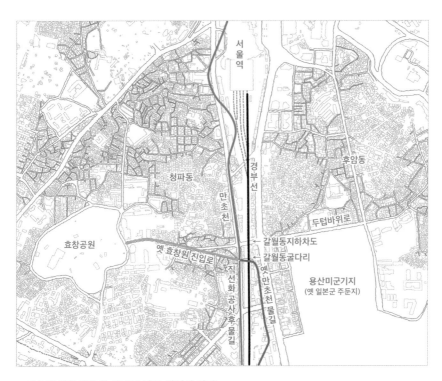

▲ 만초천 물길 변화와 청파동 가로 형성의 관계

서소문아파트 아래 그 만초천이다. 어쨌거나 그러한 경부선 철로와 만초천의 교차점은 1919년 남대문역 개축 공사에 의해 사라진다. 일제(만철 경관국)가 철로 확장, 개수 공사를 수행하며 동측 공사 범위 내 만초천을 서측으로 옮겨 직선화한 것이다. 대신 물길이 끊기면서 사람이 드나들 수 있는 길이 생겼고, 그때부터 갈월동굴다리는 기찻길로 나뉜 동서 지역을 이어주는 주요 접점이 되었다.[11]

그나저나 일제강점기, 효창원에서 골프를 치거나 피크닉을 즐길 정

210

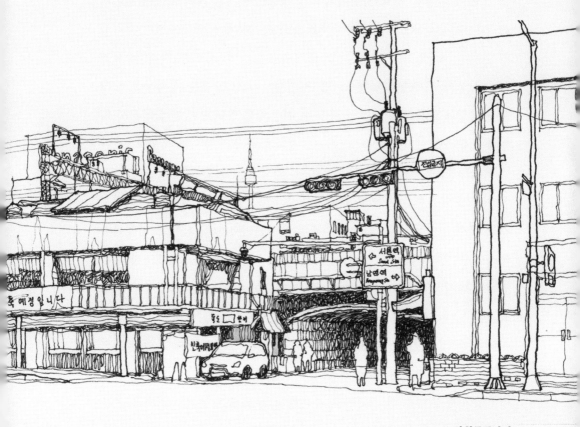

▲ 갈월동굴다리

도면 그나마 조금 먹고살 만한 사람들, 주로 일본인이었을 텐데, 그런 사람들이 갈월동굴다리와 청파로45길, 47길을 빈번히 지나다녔을 것을 상상하면 기분이 묘하다. 지극히 평범하고 일상적인 동네와 굴다리, 갈림길조차 시간의 켜를 걷어내고 바라보면 새삼 낯설고 새롭게 느껴진다.

지금까지 서울역의 뒷동네를 걸어봤으니 이제 슬슬 청파로를 따라 철길을 향해 남쪽으로 걸어볼 차례다. 기운차게 걸어보고 싶지만 왠지 발걸음에 좀처럼 힘이 들어가지 않는다. 청파로 특유의 분위기 때문일까? 나에게 청파동, 청파로의 첫인상은 그다지 좋지 못했다. 2000년대 초반 이곳을 처음 들렀을 때, 굴다리를 지나 밝은 빛과 함께 펼쳐진 청파로 거리에서 가장 먼저 눈에 들어온 것은 먼지를 뒤집어쓴 간판과 기름때로 더러워진 기계 부품, 철공 잡동사니들이었다. 아닌 게 아니라 삼일교회에서 청파치안센터를 지나 1호선 남영역까지 500미터가량 이어진 청파로, 경부선 철로 변에는 주로 기계, 금속, 공구 등을 취급하는 낡고 오래된 점포들이 줄지어 있다. 요즘 들어 일반 상점이나 식당, 카페 등도 간간히 보이긴 하지만 이곳의 거친 인상은 예나 지금이나 크게 다르지 않다. 건설, 기계, 금속 업소들이 철길 옆을 따라 나란히 자리하게 된 데에는 무거운 기계류의 운반이 용이하다는 위치적 장점뿐 아니라 저렴한 땅값과 임대료 또한 한몫하였다. 이렇게 철길 옆 자투리땅은 기차의 소음과 분진을 감내해야 하는 공간으로 특화되어 생성, 변화하였다.

남영역에 이르러 청파로 우측으로 갈라진 원효로, 원효로1가로 접어든다. 길 양옆으로 군데군데 유독 낡고 오래된 도시조직이 눈에 띈다. 짐작하는 대로, 철도와 함께 생성된 동네가 훈장처럼 지니고 있는 시간의 흔적이다. 앞서 다녀간 후암동, 청파동과 마찬가지로 원효로1가는 경부선과 경의선 그리고 일본군 주둔지 인근에 자리하여, 일찍이 일본인이 선호하는 거주지로 개발되었다. 20세기 초 지도를 보면 원효로를 따라 전차가 운행하였으며, 원효로1가에는 상업, 주거시설 등이 촘촘하게 들어서, 당시로는 나름대로 번화했던 동네였음을 알 수 있다. 일제강점기에 이 일대 일본인 거주 비율은 90퍼센트가 넘을 정도였다. 하지만 1945년 해방을 맞이하며 이러한 집들은 한국인들에게 넘겨졌다. 이후 적지 않은 시간이 흘렀음에

▼ 청파로 동측, 철로 변을 따라 형성된 철공소거리

▲ 원효로1가에 남아 있는 오래된 도시조직

도 오늘날 이 동네엔 해방과 전쟁 이후 풍경을 연상케 하는 옛 건물들이 심심찮게 남아 있다.

　　비단 원효로1가뿐 아니라 십수 년 전만 하더라도 용산역에서 시작하여 서쪽으로 뻗어가는 옛 경의선(현 경의·중앙선) 주변 동네들은 세월의 때와 메마른 분위기로 좀처럼 생기를 띠지 못하고 열차의 분진처럼 침체되어 있었다. 하지만 반전이 있었다. 2000년대 후반, 용산구 문배동 일대 기찻길 옆 오막살이가 철거되고 그 위로 고급 아파트 단지가 들어서기 시작한 것이다. 이러한 극과 극을 오고 가는 변화 중, 한 가지 눈에 띄는 긍정적 변화가 찾아왔다. 그것은 바로 '경의선숲길'의 등장이다. 이름만 보더라도 예상할 수 있겠지만 이 숲길은 용산구 원효로2가 북단에서 마포구 연남동 북단까지 이어진, 옛 경의선의 일부 구간 위에 조성된 선형 공원이다. 이어지는 걷기에서는 이러한 옛 철길의 흔적을 따라 마포와 신촌 일대 도시의 생성과 변화를 가늠해볼 것이다.

이물감 없는 신축 건물

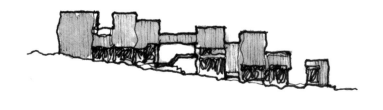

중림창고
중구 중림동 441

처음 성요셉아파트 앞길을 걸었을 때, 나는 서소문로6길 특유의 허름한 분위기에 압도되어 맘 편히 발걸음을 이을 수 없었다. 특히 길게 이어진 낡고 허름한 무허가 창고들은 내 가슴을 답답하게 만들었다. 얼마 후 이곳을 다시 찾았을 때 창고들 주변에는 철거를 위한 분진방지막이 설치되어 있었고, 또다시 찾았을 땐 깔끔하고 섬세하게 정돈된 새로운 건축물 '중림창고'가 자리하고 있었다. 건축가는 새로운 창고(?)의 표면을 거친 노출콘크리트로 마감하여 낡고 오래된 성요셉아파트와의 이질감을 최소화하면서도 골목에서 쉽게 접근할 수 있는 개방된 공간들을 곳곳에 배치하였다. 명칭은 '창고'지만 실제로 창고로는 쓰이지 않고 중림동 주민 커뮤니티 공간이자 카페, 문화공간 등으로 활용되고 있는데, 옛 도시조직과 이물감 없이 어우러진 이 신축 건물 덕에 성요셉아파트 앞 나의 발걸음은 예전보다 훨씬 가벼워졌다. (에브리아키텍츠 설계)

216

날자, 한 번만 더 날자꾸나

주한 프랑스대사관
서대문구 서소문로 43-12

충정아파트 동측 언덕에는 건축가 김중업의 가장 잘 알려진 걸작, 주한 프랑스대사관이 자리하고 있다. 1962년 준공된 프랑스대사관은 현대 건축양식에 한국 전통 건축 언어를 조화롭게 녹여낸 것으로 높은 평가를 받았지만, 준공 이후 잘못된 건물 보수와 증축으로 인하여 원형이 품고 있던 건축 본연의 아름다움이 많이 훼손되었다. 심지어 2015년 리모델링 현상설계 공모 당시 프랑스대사관 측은 사무동 철거까지도 염두에 두고 있었다고 한다. 하지만 건축계의 반발과 문화체육부의 설득 끝에 사무동과 대사관저 모두 보전될 수 있었고, 당선작은 단순히 기존 건물의 보전을 넘어 1962년 준공 당시 원형을 복원하는 계획안으로 결정되었다.《딸과 함께 떠나는 건축 여행》을 쓴 이용재에 따르면 대사관의 원형은 '건축학도가 건축(설계)을 포기하게 만들' 정도로 감동적이라 하는데, 과연 어떤 모습일지 기대가 크다. (조민석, 윤태훈 복원 및 증축 설계)

드러내지 않음으로써 드러나는 건축물

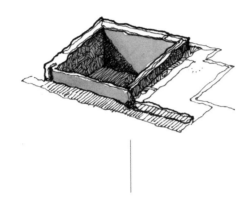

서소문성지 역사박물관
중구 칠패로 5

서소문성지 역사박물관은 성요셉아파트와 서소문아파트 중간 지점쯤에 자리한다. 이곳에 이르면 박물관 건물은 보이지 않고 도심 속 오아시스 같은 공원만 거닐게 된다. 하지만 지상으로 돌출된 낮은 벽면에 조금만 관심을 가지면 7400평 규모의 박물관이 공원 지하에 존재함을 알 수 있다. 지상에 드러난 건축물이 소극적이라고 그 내부까지 그럴 것이라 생각하면 오산이다. 지하에 묻힌 건축물이 구현하는 공간은 내가 본 그 어떤 건축물보다 극적이다. 조금 과장해서 말하면 한 편의 연극 무대가 구현된 듯, 충분하지 못한 자연광과 지상에서 드러나지 못한 공간의 존재감이 극적으로 드러난다. 어둠과 빛, 닫힘과 열림을 능수능란하게 요리함이 놀라울 뿐이다. (윤승현, 이규상, 우준승 설계)

김수근과 남영동 대공분실

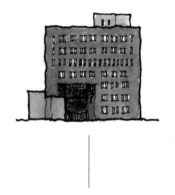

(가칭)민주인권기념관(옛 남영동 대공분실)
용산구 한강대로71길 37

현재 민주인권기념관으로 리모델링되고 있는 옛 남영동 대공분실 건물
은 건축가 김수근을 평가할 때 꼬리표처럼 따라다닌다. 만약 김수근이
아니었으면 이 건물이 존재하지 않았을까? 만약 김수근이 이 건물을 설
계하지 않았더라면 1987년 박종철 열사가 죽음에 이르지 않았을까? 전
세계 모든 건설업자가 수주를 거부하지 않는 한, 이 건물은 결국 누군가
에 의해 지어졌을 것이다. 또한 일반적인 건축설계 과정을 감안해볼 때,
건축물 내부 곳곳에 구현된 공포감과 폭력성은 김수근의 아이디어라기
보다 건축주의 요구 사항일 가능성이 크다. 하지만, 그럼에도 불구하고
김수근에게 면죄부를 주고 싶은 마음은 없다. 비록 건축이 권력에 종속
적인 태생적 한계를 품고 있을지라도, 진정 김수근이 한국을 대표하는
건축가였다면 옳고 그름을 판단할 수 있는 보편적 가치관과 도덕적 용기
를 갖추었어야 한다. (이 시설은 2023년에 건립 공사를 마칠 예정이다.)

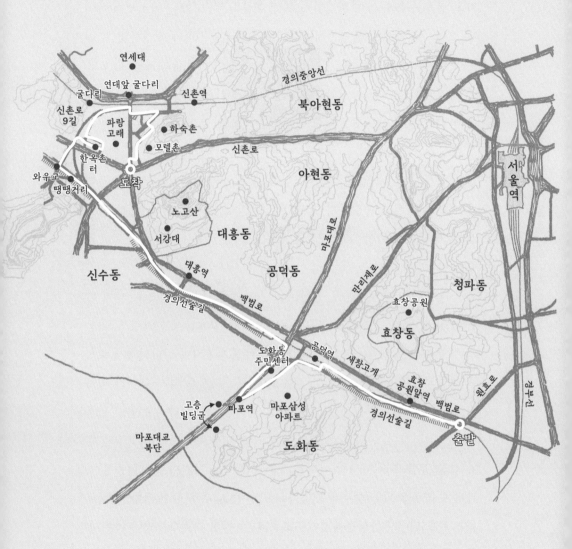

여섯 번째
걷기

열차 떠난 자리에 들어선
도시의 새 살과 힘줄

새창고개,
도화동

　원효로와 백범로가 교차하는 네거리에 이르면 비교적 최근에 조성된 말끔한 선형 공원, '경의선숲길'이 보인다. 서쪽으로 한없이 이어진 푸른 잔디와 곧게 자란 나무들을 보면 기분이 좋아진다. 지금은 상상하기 힘들지만, 수년 전 이 자리를 차지하고 있던 철로를 떠올리면 더욱 그렇다. 그 당시 푸른 숲은 고사하고 열차가 뿜어대던 소음과 진동, 분진은 주변 동

▼ 원효로와 백범로의 교차로 인근, 경의선숲길 시작점

네의 생활환경의 질을 크게 떨어트리고 있었다. 백범로와 경의선숲길 사이 140미터가량에 걸쳐 가늘고 길게 이어진 건물들만 보더라도 이곳은 '기찻길 옆 오막살이'의 낭만과는 거리가 먼 공간이었음을 알 수 있다. 하지만 누구도 원망할 수 없었다. 사람이 사는 마을이 생성되기 전부터 철길은 이미 이곳에 자리하고 있었으니까. 원래 주인은 철길이었다. 기억할지 모르겠지만 이 공원 길이 바로 서울역 서측에서 언급했던 '세모꼴 철길의 밑변'에 해당하는 곳이다. 이제 나는 이곳에서부터 눈 씻고 찾아봐도 보이지 않는 철길을 따라 서쪽 방향으로 걸어볼 것이다. 물론 지루하게 철길만 따라 걷진 않을 것이다. 혹 나의 개인적인 기호와 추억이 있는 곳에서는 슬쩍 옆길로 빠져서 집단의 기억을 끄집어내고 그것을 시대적 특성과도 연결해볼 생각이다.

선형 공원을 따라 효창공원앞역을 지나 조금 더 서쪽 방향으로 걷다 보면 슬며시 지대가 높아지며 새창고개에 이른다. 잊을 만하면 나타나는 고개다. 게다가 뿌리도 같다. 이곳은 앞서 언급한 용산, 즉 만리재에서 한강까지 이어지는 구릉지의 능선 중 효창동 언덕과 도원동 언덕을 잇는 가장 낮은 지점이다. 비록 지금은 사방에 들어선 아파트에 가려 볼 수 없지만, 작가 이호철은 1960년대 도원동 언덕에서 내려다본 주변 풍경을 소설에서 다음과 같이 묘사했다.

> 마포아파트가 서 있는 도화동이 저렇게 내려다보이고 그 너머로 한강이 흘러가고 오른편으로 공덕동이 마주 있고, 철길 건너로는 신공덕동, 만리

▼ 원효로에 면한 경의선숲길 시작점 풍경

동이 이어지고, 벼랑 밑으로 들고 나오는 당인리 발전소로 가는 낡은 기
관차 소리도 어딘가 서울 같지 않은 인정을 풍겨주었다.

_ 이호철,《서울은 만원이다》

용산구와 마포구의 경계이자 용산선 기찻길 인근에 자리한 이 동네
들은 '조무래기 아이들과 종교시설이 유독 많고 솜틀집, 침뜸집, 점쟁이집
이 구석구석에 있는 사람 냄새가 물씬 풍기는' 정감 가는 '서민촌'이었다.
멀리 1960년대까지 거슬러 올라갈 필요도 없이 1990년대 중반만 하더라도
도원동, 도화동, 신공덕동, 공덕동으로 이어지는 이 일대 동네에는 올망졸
망한 주택과 건물들이 용산 언덕을 따라 끝도 없이 이어져, 굴곡진 언덕의
지형을 그대로 드러내고 있었다. 하지만 1990년대 중반부터 추진된 주택
재개발사업들이 2000년대 초기 동시다발적으로 완료되면서 이 일대의 경
관은 극적으로 반전되었다. 사방에 들어선 아파트 단지로 인하여 도원동
언덕 어디에서도 소설 속 풍경은 가늠조차 할 수 없게 되었다. 이러한 변
화는 1990년 서울시에서 발표한 '2000년대를 향한 서울시 도시기본계획'
에서 이미 예고되어 있었다. 242쪽 분량의 기본계획서에는 당시 존재하지
도 않던 지하철 5호선과 6호선이 공덕오거리에서 교차하고, 새로 생긴 전
철역(공덕 전철역)을 중심으로 역세권이 형성되어 있었다. 이른바 '더블 역
세권'이었다. 공덕오거리 주변으로 광활하게 펼쳐진 고밀도 불량 주거지의
운명은 불 보듯 뻔한 것이었다.

새창고개를 넘어 내리막길을 조금 걷다 보니 어느새 공덕역이다. 경

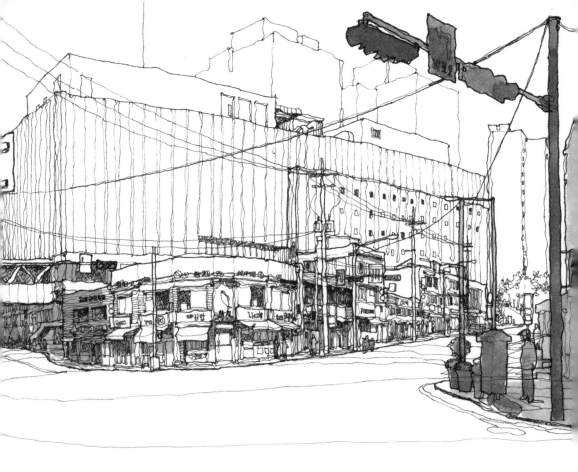

▲ 공덕역 복합상업시설 앞, 새창로와 도화길 교차로

의선숲길의 흐름은 2017년 공덕역에 들어선 대규모 복합상업시설에 의해 끊긴다. 숲길을 이어서 걷고 싶으면 250미터 길이의 복합상업시설을 관통한 뒤, 왕복 10차로의 광활한 마포대로를 가로지른 후, 다시 서쪽으로 200미터가량 더 걸어가야 한다. 이 정도면 연속된 숲길이라 하기엔 좀 무리가 있어 보인다. 경의선숲길 중 가장 안타까운 구간이 아닐 수 없다. 빌딩 숲에 둘러싸이자 조촐한 공원의 나무 한 그루조차 아쉽다.

공원에서 벗어나 새창로를 따라 걸으니 그나마 아쉬운 마음을 달래주는 것처럼 도화길이 나온다. 어디선가 고기 냄새가 나는 것 같다. 그러고 보니 앞서 《서울은 만원이다》에서 슬쩍 언급된 대한민국 최초의 단지형 아파트 '마포아파트'가 어떻게 되었는지도 궁금하다. 개발 시대의 상징과도 같은 마포대로의 개발사 또한 되짚고 싶다. 그리하여 나는 경의선 궤도에서 벗어나 잠시 옆길로 빠져보기로 한다.

도화길은 지하철 5호선 공덕역에서 마포역 사이 도화동 방면 이면도로로, 마포를 대표하는 이름난 고깃집과 대폿집, 치킨집, 횟집 등이 즐비한 먹자골목이다. 특히 길 초입엔 갈매기살을 전문으로 하는 고깃집이 밀집되어 '마포갈매기골목'으로도 불린다. 도화길을 포함한 마포 일대는 갈매기살뿐 아니라 '최대포'로 유명한 소금구이와 양념돼지갈비, 갈비의 대명사 마포왕갈비, 마포왕족발, 그리고 용강동 일대 주물럭 등 다양한 고깃집을 찾는 사람들로 북새통이다. 마포 고깃집의 역사는 마포나루에 배가 드나들던 조선 시대부터 시작되지만, 오늘날과 같이 싸고 맛 좋으며 다양한 고깃집들로 유명해지기 시작한 건 다름 아닌 개발 시대의 일이다.

1970년대부터 1980년대 후반까지 여의도와 마포대로 일대는 도시 개발과 다리 건설, 도로 확장, 고층 빌딩 건축으로 인하여 사방이 공사판이었다. 수많은 건설 인력들이 이 일대에 모였다가 흩어지기를 반복하면서 자연스럽게 공사장 주변으로 밥집과 대폿집들이 생겨났고 주인들은 맛이 좋으면서도 저렴한 고기 안주들을 개발하여 손님들을 끌어모았다. 그렇게 20년 가까이 가성비 좋은 메뉴로 특화되던 마포 고깃집들은 1980년대 후반, 마포를 떠난 건설노동자들을 대신하여 마포대로 직장인들과 인근의 주민들을 새로운 고객으로 받아들였다. 입소문이 나기 시작한 마포의 고깃집들은 이후 지하철 5, 6호선 개통으로 접근이 용이해지면서 외지에서 일부러 찾아올 정도로 유명세를 떨치게 되었다. 이렇게 마포가 고깃집 동네가 될 수 있었던 일련의 과정들을 돌아보면, 마포에서 고깃집은 단순히 여러 요식업 중 하나로 치부할 수 없는, 지역적, 시대적 특성이 반영된 문화 그 자체라 할 수 있겠다.

요란한 간판으로 뒤덮인 도화길을 따라 잠시 넋을 놓고 걷다 보면 조

▼ 도화길 '마포갈매기골목' 초입

금은 엉뚱하게도 대규모 아파트 단지, 마포삼성아파트 정문에 이른다. 도화동 먹자골목 한복판에 맥락 없이 자리한 이곳은 전국 어디에서나 흔히 볼 수 있는 평범한 단지형 아파트로서 배치와 평면, 조경 등 무엇 하나 눈에 띄는 것이 없다. 다만 아파트가 들어선 자리만큼은 대한민국 주택사에 기록될 기념비적인 장소라고 할 수 있다. 지금의 마포삼성아파트가 재건축(1997년)되기 이전, 같은 장소에는 한국 최초의 단지형 아파트인 마포아파트가 (지금처럼 엉뚱하고 맥락 없이) 자리하고 있었기 때문이다. 그리하여 이 평범한 아파트 단지를 조금 극적으로 평가하자면 '대한민국 단지형 아파트의 발상지'라고 할 수 있겠다.

1960년대 초반, 작고 나지막한 판잣집들이 끝도 없이 펼쳐져 있던 도화동 한가운데에 대한민국 최초의 단지형 아파트가 들어설 수 있었던 배경에는, 서울의 심각한 주택난과 더불어 당시 박정희 군사정권의 전시적 주택정책이 있었다. 1961년 5·16쿠데타로 들어선 군사정권의 공약 중 하나는 '국가 자립경제 재건'이었다. 그런 공약이 잘 이행되고 있음을 가시적으로 보여주기에 근대화의 상징인 고층 아파트만큼 효과적인 것도 없었다. 그리하여 대한주택공사의 시행 아래 건축가 엄덕문이 설계하고 현대건설이 시공한 마포아파트는 1962년 12월, 1차분 공사를 마치고 입주에 들어갔다. 입주 초기 마포아파트는 기대와 달리 그다지 인기가 좋지 못했다. 여러 층으로 이루어진 주거시설이 당시로서는 익숙하지 않았을뿐더러 난방과 위생 설비 기술 역시 좀처럼 믿음이 가지 않았기 때문이다. 그러나 입주가 시작된 지 채 1년이 지나지 않아 분위기는 반전되었고, 급기야 프리미엄까지 붙어 거래가 될 정도로 시민들에게서 큰 인기를 얻게 되었다.[1] 흔히 말

▲ 도화길에서 바라본 마포삼성아파트(옛 마포아파트 터)

하는 '아파트 불패 신화'는, 원조 아파트답게 마포아파트에서부터 시작된 셈이었다.

　박정희 당시 국가재건최고회의 의장 겸 대통령 권한대행은 마포아파트 준공식 축사에서 이 서구식 아파트를 '현대적인 집단 생활 양식'으로 평가하며 시민들이 지향해야 할 표준 주거 양식으로 규정하였다. 이렇게 국가권력의 전폭적 지원으로 탄생한 마포아파트는 그 유전자를 이후 건설된 수많은 아파트들에게 나누어주었다. 그리고 이러한 아파트들은 국가와 건설사, 금융사, 개인의 이해관계가 복잡하게 얽히며 결과적으로 (박 전 대통령이 선언한 대로) 나를 포함한 전 국민이 추종하는 대한민국의 대표 주거 양식이 되었다. 이쯤 되면 자식 농사는 제대로 한 셈이다. 하지만 아파트 전성시대인 오늘날, 정작 '아파트의 원조' 마포아파트는 간데없다. 지금의 마포삼성아파트 재건축을 위해 1991년 철거되었으니 30년을 채 넘기지 못하고 단명한 것이다. 개발 시대 초기, 한 몸에 받던 화려한 조명이 무색하게도, 마포아파트는 누구의 주목도 받지 못한 채 쫓기듯 도화동에서 퇴장하였다. 역사적 가치를 인정받지 못하는 부동산(아파트)의 한계일까? 배인지 마음인지, 어딘가 헛헛하다.

　도화길은 지하철 5호선 마포역 즈음에서 더 이상 이면도로가 되지 못하고 마포대로와 만난다. 최근에 새로 들어선 건물이 많아져 상황이 조금 달라지긴 했지만, 불과 2010년대 초반만 하더라도 마포대로를 걷고 있노라면 마치 시간 여행을 하여 1980년대로 돌아간 기분이 들었다. 실제로 마포대로의 경관을 좌지우지하는 고층 빌딩들은 1981년에서 1988년 사이에

▲ 마포역 인근에 늘어선 고층 빌딩군

집중적으로 건설되었다. 그 시절 마포대로는 말 그대로 개발 시대였다. 흥미로운 점은, 이 시기 지어진 빌딩들은 하나같이 성냥갑처럼 네모반듯하고 단순하며, 입면에서 별다른 변조나 요철을 찾아보기 힘들다는 것이다. 1980년대 초에 설계한 건축물이라면 슬래브를 돌출시켜 수평성을 강조하고 옥외 계단의 구조미를 과장하는 1970년대식 기교가 남아 있을 법도 하

▲ 마포대교 북단에서 바라본 여의도 고층 빌딩군

지만, 그럴 여유가 없었다는 듯 매스는 무척이나 단순하고 비조형적이다. 그렇다면 왜 하필 마포대로였을까? 무슨 이유로 그 많은 빌딩들이 짧은 기간 내에 마포대로에 집중적으로 지어진 것일까?

서울시는 이미 1979년 카터 미국 대통령 방한에 앞서 김포공항에서 마포대로를 거쳐 서울 도심부로 이어지는 코스의 정식 명칭을 '귀빈로'로

▲ 한강 북측에서 건너다본 여의도

지정하고 정비사업을 추진한 경력이 있었다. 하물며 전 세계의 이목이 집
중되고 유명인사와 관광객이 몰려드는 88서울올림픽엔 오죽했을까? 이
른바 '올림픽 가시권'[2]을 위한 고층 빌딩들이 마포대로를 따라 우후죽순처
럼 들어섰다. 그렇게 고층 빌딩 의장대들이 마포대로 양옆으로 정렬하게
되면서 서울시는 대한민국의 경제발전을 액면가 이상으로 부각할 수 있었
다. 동시에 마포대로 양옆, 도화동, 염리동 등 마포 일대의 불량 주거지를

차폐하는 효과도 얻을 수 있었다. 일석이조였다. 물론 순전히 전시용 그리고 은폐용으로만 고층 빌딩이 필요했던 것은 아니다. 1980년대 고도 경제 성장은 자연스럽게 사무실의 수요를, 여의도 증권·금융사 이전은 마포대로의 차량 통행량과 유동 인구를 증가시켰다. 당시 어딘가에 임대 사무실 빌딩을 지어야 한다면 누구라도 마포를 떠올렸을 것이다. 앞뒤가 잘 맞아 떨어졌다고 해야 할까? 개발 시대에 마포대로는 그렇게 핫한 지역이었다.

어느새 마포대로의 끝, 마포대교 북단 보행로에 이르렀다. 다리 너머 요란하게 솟은 빌딩들이 대번에 시선을 사로잡는다. 마포대로는 그런 마천루들을 향해 남쪽으로 돌진하고 있다. 문득 '남자라면 직진'이라는 마초적 우스갯소리가 떠오른다. 좁은 길이 구불구불 이어졌다면 좀 더 걸어갈 힘이 났을까? 넓고, 곧고, 반듯한 길은 마포대로면 충분하다. 흥미를 잃고 나니 이제야 철길에서 너무 많이 벗어났음을 깨닫는다. 개발 시대의 흔적을 따라 공덕역에서부터 마포대로까지 이어졌던 곁길 탐험은 여기까지 해야겠다. 그리하여 나는 발걸음을 되돌려 본궤도인 한강 이북, 경의선숲길을 향해 잰걸음을 놀린다.

경의선숲길,
와우교

　경의선숲길은 앞서 다녀갔던 효창공원앞역 인근에서 시작하여 세 개의 전철역(공덕역, 서강대역, 홍대입구역)과 크고 작은 길들에 의해 분절되면서, 가좌역 조금 못 미친 연남동 쌍마빌라 인근까지 약 6.3킬로미터 길이로 이어진다. 공원 조성 후 몇 년 새 훌쩍 자란 은행나무, 단풍나무, 대왕벚나무는 봄이면 황홀한 벚꽃 동산을 이루고 여름이면 시원한 그늘 터널을, 가을이면 찬란한 단풍길을 만든다. 이렇게 각양각색의 수목이 동서 양방향으로 길게 이어져 있는 이곳도 불과 몇 년 전엔 버려진 나대지 위로 잡초가 무성했으며, 조금만 더 시간을 거슬러 올라가면 철길을 따라 검댕이 잔뜩 묻은 화물열차가 소음과 분진을 내뿜고 있었다.* 그리고 상상은 잘 안 되지만 그보다 더 앞선 시간에는 무장을 한 군인과 군수품을 가득 실은 검은 증기기관차가 요란한 소리와 함께 지나다니고 있었다.

　이곳 철로 역사의 시작은 지금으로부터 약 120년 전으로 거슬러 오른다. 1904년 2월, 러일전쟁이 시작되자 일본제국은 대한제국과 체결한 한일의정서를 근거로 같은 해 3월부터 경의선 공사를 갈취, 강행하였다. 여기

●　지금도 20~30미터 지하엔 경의·중앙선이, 50~60미터 지하엔 공항철도가 분주하게 오가고 있으니 이 공간의 기능적 명맥은 변함없이 유지되고 있는 셈이다.

서 갈취라는 표현을 쓴 것은, 이미 1900년부터 대한제국이 경의선 공사를 위한 선로 측량을 자체적으로 진행하고 있었기 때문이다. 그렇다면 일제는 뭐가 그리 급했을까? 당시 경의선 철로는 서울에서 개성, 평양 등 한반도 서북부를 종단하여 대륙의 관문, 신의주까지 이어지는 경로였다. 그러한 경의선은 동아시아 식민지 확장을 호시탐탐 노리던 일제가 대륙 진출을 위해 확보해야 할 필수 기반시설이었다.[•] 그리하여 1905년 4월, 경의선은 착공 후 1년 만에 주요 구간이 개통되었고 1906년 3월, 착공 후 2년 만에 용산에서 신의주까지 총 길이 약 500킬로미터에 이르는 전 구간이 개통되었다. 얼마나 많은 강제 매수, 노역 동원 그리고 날림공사가 이루어졌을지는 굳이 언급할 필요도 없겠다. 경의선뿐이 아니었다. 경부선(1901년 착공) 역시 러일전쟁 중 일제에 의해 부랴부랴 건설되어 1905년 1월 개통되었다. 동일하게 졸속과 날림공사였고 그 이유도 동일하게 한반도와 대륙에 진출하기 위함이었다.[••] 이렇게 두 철로가 20세기 초 나란히 완공되면서 일본인들은 일본 본토에서 바닷길을 이용해 부산항으로 이동 후 기찻길로 부산역에서 용산역을 거쳐 서울역(당시 남대문역), 서대문역까지 원활하게 이동할 수 있었다. 게다가 경의선 직결 열차를 이용하면 환승 없이 신의주까지 도달할 수도 있었다. 혼란스러운 국제 정세 속에 번갯불에 콩을 구워 먹듯 건설된 경의선, 경부선은 이후 한반도를 종단하는 주요 혈류이자 기본

• 일제가 의도한 경의선 철로의 주된 용도는 병력과 군수물자 수송이었다. 러시아와 한창 전쟁 중이던 1904년 8월, 일제는 유사시 군대를 서울 이북과 대륙 어디로든 빠르게 진출시키기 위해 경의선의 시·종착역인 용산역 인근 118만 평 부지를 일본군 주둔지로 점거했다.

•• 두 철로가 한반도의 발전에 크게 기여했음은 분명하다. 그렇다고 해서 침략과 수탈이라는 일제의 근본적인 철로 부설 목적이 변하지는 않는다.

▲ 경의선숲길 대흥동 구간

틀이 되었다.

　그러면 한반도 철도교통의 주요 혈류였던 경의선은 어쩌다가 공원이 되었을까? 경의선숲길의 역사를 보고 있으면 한 편의 드라마가 따로 없다. 애초 경의선은 경인선과 경부선의 시·종착역인 서대문역, 지금의 의주로 1가 경찰기념공원에서 출발하는 노선으로 계획되었다. 하지만 의주로1가 쪽에서 북서 방향으로 철길을 낼 경우 해발 300미터에 달하는 안산의 고르지 못한 지형이 기다리고 있었다. 기술력과 비용, 무엇보다 시간을 고려

할 때 쉽지 않은 경로였다. 결국 노선은 서대문역보다 한참 남쪽인 용산역에서 비교적 평지로 이루어진 마포 일대를 경유하는 경로로 결정[3]되었다. 전쟁 중 군인과 군수물자 수송을 서두르기 위해 공사 기간을 최대한 단축하려는 의도가 가장 크지 않았을까 추측해본다. 그런데 변경된 경로에는 한 가지 심각한 문제가 있었다. 바로 경의선과 경부선의 직결 방식이었다. 경의선과 경부선의 철로가 용산역에서 연결되어 있긴 했지만 실제 경부선 열차는 남대문역과 서대문역까지 운행을 한 뒤 천천히 역행하여 용산역으로 되돌아온 후에야 경의선 철로를 이용할 수 있었다. 그 반대 방향 열차도 마찬가지였다. 결국 개통 15년 뒤인 1921년, 남대문역(현 서울역)에서 출발하여 신촌을 거쳐 기존 가좌역까지 연결된 새로운 철길, 새로운 경의선 본선이 완공되었다. 당연히 기존 경의선 철로는 쓸모가 없어졌다. 철거만 안 되었을 뿐, 해당 구간은 실질적으로 폐선된 것과 다르지 않았다.

다 죽어가던 철길을 되살린 것은 엉뚱하게도 발전소였다. 1929년 경

▼ 대흥역 인근 경의선숲길 옆 오래된 상가건물

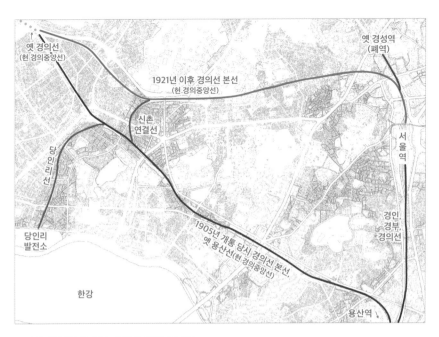

옛 경의선
(현 경의중앙선)

옛 경성역
(폐역)

1921년 이후 경의선 본선
(현 경의중앙선)

신촌
연결선

당인리선

서울역

당인리
발전소

경인,
경부,
경의선

1905년 개통 당시 경의선 본선,
옛 용산선(현 경의중앙선)

한강

용산역

▲ 경의·중앙선의 변천 과정과 주변 지선들

성 밖 변두리 동네, 당인리에 화력발전소(현 서울화력발전소) 공사가 시작되고 건설 자재와 발전 연료를 공급하기 위한 당인리선이 부설되면서 옛 경의선 구간(용산역과 서강역 사이 구간) 역시 용산선이란 이름과 함께 부활한 것이다. 뿐만 아니라 이듬해 서강역과 신촌역을 연결하는 신촌연결선까지 준공, 개통되면서 용산선은 제2의 전성기를 맞이한다. 하지만 용산선의 영광은 오래가지 못했다. 용산선을 부활시킨 두 지선, 신촌연결선과 당인리선이 각각 1958년과 1980년 열차 운행을 멈추면서 다시금 위기가 찾아온 것이다. 용산선은 서울 전역에 새로운 도로와 철로가 들어서던 개발 시대에조차 제대로 된 용도를 부여받지 못한 채 용산역에서 수색차고지로 이동하는 화물열차의 통과 선로로 전락하였다. 하지만 2000년대 초반, 또 다른 반전이 일어났다. 수도권 광역 전철망 확충을 위해 화물용 철로로만 쓰이던 용산선을 여객용 복선전철로 전환하는 사업이 추진된 것이다. 덩달아 지하화도 논의되었다. 흥미롭게도 사업 초기, 철로 지하화는 고려 대상이 아니었다. 그러나 지역 주민들의 지하화 요구가 만만치 않았으며 서울시 역시 생활환경의 질을 떨어트리는 지상 철로를 가만히 놔둘 수가 없었다. 결국 용산선 전철 선로는 지하 30미터 아래에 놓이는 것으로 결정되었고 2005년부터 터파기 공사에 들어갔다. 용산선은 이름처럼 용이 되어 하

▼ 서강대 인근 경의선숲길 풍경

서강대역 인근

경의선숲길의 흐름은 서강대역에 이르러 잠시 끊긴다. 이 일대의
도시경관은 서강로16길을 따라 들어선 낮고 오래된 건물들이 주도
하고 있다. 용산선의 미래를 예측하지 못한 건물들은 하나같이 기
찻길이 있던 남쪽으로 옹졸한 창문을 내는 데 그쳤다.

늘로 승천함이 아니라 이무기처럼 땅속으로 들어감으로써 비로소 살 수 있었던 셈이다.

이제는 새로운 고민거리가 생겼다. 남북을 가로막는 철도를 걷어내니 폭 30미터, 길이 6.3킬로미터로 이루어진 거대한 나대지가 주어진 것이다. 처음엔 '무엇을 채워 넣을지' 고민하였다. 그러나 고민은 이내 '어떻게 비울지'로 변경되었다. 어찌 보면 지하화가 결정되기 이전부터 답은 정해져 있었다. 오랫동안 외면받던 철로 주변 열악한 환경을 개선하고 남북으로 갈라진 동네를 이어주는 시설로서 선형 공원만큼 적절한 것은 없었다. 그리하여 선형 공원 1단계 조성 구간(2011~12년)인 대흥동 구간이 제일 먼저 착공되었고, 2단계 염리동, 도화동 새창고개, 연남동 구간(2014~15년)이, 그리고 마지막 3단계 와우교, 신수동, 원효동 잔여 구간이 순차적으로 조성되어, 마침내 2016년 5월, 경의선숲길로 불리는 선형 공원 전 구간이 완공되었다.

4월 흐드러지게 핀 벚꽃 동산을 걷고 있노라면 용산선의 수난과 역경의 기나긴 여정을 보상이라도 해주는 듯하다. 도심 한복판에 이토록 아름다운 벚꽃길이 조성될 수 있었던 배경과 과정을 놓고 보면 역사의 아이러니가 아닐 수 없다. 이렇듯 일제가 강요한 제국주의의 흔적은 비록 좌충우돌할지라도 대한민국 국민에 의해 조금씩 바로잡히고 있다. 그래서 흐드러지게 핀 벚꽃의 향연 속에서도, 숲길 옆에 들어선 술집과 카페에서의 한바탕 흥겨운 시간 속에서도, 이 비워져 있는 공간에 담긴 역사를 되짚어봄은 무척 중요한 일이다. 소소한 일상조차 거저 얻어진 것은 없으니 말이다.

서강로를 가로질러 신촌로12길과, '땡땡거리'가 있는 와우산로32길

홍대 땡땡거리

'땡땡거리'란 단어는 사전에는 올라 있지 않지만, 으레 기찻길 건널목 주변을 부르는 보통명사처럼 쓰인다. 와우산로32길의 땡땡거리는 이 주변이 경의선숲길로 조성되기 전부터 값싸고 맛있는 식당과 주점, 빵집 그리고 가난한 예술가들의 작업실 등으로 유명했다.

와우교 옛 풍경

용산선 지상 철로가 폐선되고 경의선숲길이 조성되기 전까지,
와우교 주변 풍경은 무척이나 황량하고 적적했다. 도시의 빈
공간은 기차건 사람이건 무엇으로든 하루빨리 채워져 유용한
공간으로 거듭나기를 갈망하는 듯 보였다.

▲ 경의선숲길 와우교 풍경

을 걷다 보니 어느새 나는 경의선숲길 와우교 다리 밑에 와 있다. 옛날 생각에 다리 위로 슬쩍 올라가본다. 대학 시절 나는 학업과 숙식을 모두 신촌에서 해결했는데, 가끔은 건축 모형 재료 따위를 산다는 핑계로 홍익대학교 인근 대형 화방까지 굳이 먼 걸음을 하곤 했다. 그때마다 와우교는 나에게 신촌과 홍대앞, 거대한 두 영역을 연결해주는 접점과 같았다. 때는 마침 2000년대 초중반, 홍대앞이 클럽 문화와 인디밴드 공연, 감각적인 카페와 식당 등으로 젊은이들에게 가장 핫한 동네로 부상 중이었으니 나에게 와우교는 홍대앞이라는 신세계로 들어서는 마법의 다리처럼 보였다. 하지만 와우교는 또한, 좀처럼 채워지지 못한 욕망과 함께 별 볼 일 없는 현실로 나를 되돌리는 초라한 콘크리트 다리이기도 했다. 홍대앞으로 갈 때는 보이지 않던 와우교 양옆 용산선 철길이 신촌으로 돌아올 때만큼은 유독 누추하고 초라하게 보였다.

오늘 다시금 와우교에 올라서니 다리 양옆으로 길게 이어진 푸른 숲이 낯설다. 사라진 철길뿐만 아니라, 철길로부터 등을 돌렸던 건물들이 언제 그런 적 있었냐는 듯이 공원을 향해 독특한 외관과 인테리어를 뽐내고 있는 모습을 보면 왠지 거리감 같은 것이 느껴진다. 그러면서 동시에 이곳이 이렇게 쾌적한 공간이 될 수 있었고, 이렇게 활기 넘치는 곳이 될 수 있었던가 새삼 놀랍다. 그러고 보면 도시의 빈 공간(void)은 역시 사람으로 채워져야 비로소 찬란하게 빛나게 됨을 다시금 확인한다.

신촌연결선 흔적
(창천동 서측)

버려진 철길을 활용하는 방법은 두 가지다. 빈 공간을 채우거나, 채우지 않거나. 지금까지 걸어온 옛 용산선 철길, 경의선숲길은 빈 공간을 채우지 않은 길이었다. 그리고 채우지 않음으로써 역설적으로 사람들로 채워짐을 확인했다. 이제부터 걸어볼 곳은 철길이 사라진 빈 공간을 주거시설

▼ 옛 신촌연결선의 흔적, 신촌로9길 초입 풍경

로 빽빽하게 채운 동네다. 버려진 철길도 모자라 운행 중인 철길의 철롯둑(철로가 놓인 흙둑) 자투리 공간조차 허투로 쓰지 않는 동네, 옛것들을 버리고 매번 새로운 것들로 꽉꽉 채우는 동네, 바로 신촌이다.

와우교에서 와우산로를 따라 북동쪽으로 이동하여 8차로 대로, 신촌로를 가로지르면 신촌로9길이 나온다. 이제 와서 생각해보니 앞서 신촌로12길을 걸을 때 길 방향이 조금 이상했다. 기찻길 옆 오솔길이 철로와 나란하게 이어지지 못하고 점차 멀어졌으니 말이다. 특히 신촌로12길에 인접한 신촌로10길은 점차 경의·중앙선(옛 용산선)의 궤도에서 이탈하여 북쪽으로 치고 올라 신촌로9길과 이어진다. 그렇게 두 길의 궤적은 거대한 반원을 그리며 경의선숲길과 연세대학교 앞 굴다리, 경의·중앙선을 연결한다. 눈치챘겠지만 두 길이 있던 자리에는 또 다른 기찻길, 신촌연결선이 있었다. 지금은 찾을 수 없는 신촌연결선은 경의선(신촌역)과 용산선(서강대역) 사이 약 1.6킬로미러 구간에 놓였던 철로로, 1930년 처음 부설되었다. 같은 뿌리에서 뻗어 나온 열차인지라 단순히 두 선로를 '연결'하는 것만으로도 마포구와 서대문구 일대를 순환하는 '경성순환선(경룡교외순환선)'이 구축된 것이다. 비록 신촌연결선 열차 운행은 30년을 채 넘기지 못한 1958년 중단[4]되고 말지만,[●] 짧게나마 존재했던 철길은 창천동과 신촌 일대의 공간구조 그리고 도시조직 형성에 지대한 영향을 미쳤다.

개신교 교회와 용 조각상의 불교 사찰이 공존하는 신촌로9길 초입의 가로 경관은 인상적이다. 마치 구원과 열반을 한꺼번에 얻을 수 있을 것 같

[●] 경성순환선은 1944년에 운행을 멈췄지만, 신촌연결선 구간은 해방 이후에도 열차 운행이 이루어졌다.

다. 하지만 골목으로 들어서면 좁다란 길 양옆으로 빼곡하게 들어선 하숙집, 원룸 주택들로 이내 번뇌에 휩싸인다. 사연은 있기 마련이다. 신촌연결선 선로의 폐선이 결정된 시기는 1960년대,[*] 한창 서울시가 주택난으로 고역을 치르던 때였다. 공지로 비운다거나 공원으로 재생한다는 개념 자체가 없었을 뿐더러 그렇게 할 수도 없던 시절이었다. 당시 사람이 거주하기 힘든 경의선 철롯둑까지 판잣집이 차지하고 있었으니, 철길 부지는 그나마 나은 편이었다고나 할까? 결국 사람이 겨우 다닐 수 있는 길만 남겨진 채 신촌연결선 철길은 엉성한 단층 집들로 채워졌다. 신촌에 재건축 붐이 일던 1980년대 후반에 이르러서야 사정이 조금 나아져, 좁다란 길은 자동차가 지나다닐 수 있는 도로로 확장되었다. 대신 새로 지어진 2, 3층의 주택들이 아무런 여유도 없이 길가에 들어차면서 길에서의 폐쇄감은 이전보다 심해졌다.[**]

창천동을 포함한 신촌 일대가 지금과 같은 도시 구조를 갖게 된 계기는 일제강점기, 1940년대 초에 이루어진 '대현지구 토지구획정리사업'이다. 이미 신촌은 1930년대에 근대 교육시설(연희전문학교, 이화여자전문학교)과 원활한 교통 시스템(경성순환선)이 구축된, 요즘 말로 하면 학세권과 역세권이 확실한 동네였다. 서울의 부도심으로 개발하기에 이만큼 적합한

● 1960년대 후반 서울 지도를 보면 여전히 신촌연결선 표시가 남아 있다.

●● 밀도 있게 들어선 주거시설 대부분은 하숙집으로 쓰이고 있다. 이곳 창천동은 연세대와 홍익대 그리고 신촌과 홍대앞 상권에 인접하여 학생과 근로자의 숙소가 고밀도로 모여 있는 하숙촌이다.

▲ 창서초교와 신촌로 사이 이면도로에 가까스로 살아남아 있는 도시형 한옥

조건의 동네도 없었다. 조선 건국 초기 새로운 도읍의 후보지 중 하나였을 정도로 신촌은 그 풍수가 검증된 동네가 아니던가. 하지만 신촌은 1945년 일제가 패망하면서 토지구획만 이루어진 상태로 해방을 맞이했다. 비워진 땅은 서울로 몰려든 실향민, 이농민들로 채워졌다. 그리하여 1950년대 창천동 일대엔 수많은 판잣집들이[5] 들어섰다. 이후 판잣집은 1960년대부터 도시형 한옥으로 대체되었고 1980년대까지 창천동의 주된 건축물로 자리매김하였다.

본격적인 창천동과 신촌의 개발 시대는 1980년대에 시작되었다. 1983년 서울시는 도시 구조를 3도심, 3부도심으로 다핵화하기로 발표하면서 신촌을 3개의 부도심 중 하나로 선정하였고, 같은 해 신촌을 '도시설계구역'으로 지정하였다. 이듬해엔 '신촌·마포 도시설계안'이 마련되었으며 지하철 2호선 신촌역도 개통되었다. 정말 숨 쉴 틈조차 없었다. 이 시기 신촌은 서울시가 의도한 대로 그리고 자연스럽게, 주거지로서의 기능이 희석되고 상업지역으로 변경되었다. 이러한 상황에서 신촌의 도시형 한옥은 하루빨리 철거되어야 할 구시대의 유물이자, 금싸라기 땅을 생으로 놀리고 있는 천덕꾸러기에 지나지 않았다. 창천동 서측 주거지역 내에 있던 한옥들은 셋방을 놓기 용이한 주택으로 재건축되었고 창천동 동측, 유동 인구가 많은 신촌로터리 주변 한옥들은 상가건물로 대체되었다. 결국 그 많던 도시형 한옥들은 대부분 철거되었으며 지금은 극히 일부만이 남아 있을 뿐이다. 도시형 한옥이 비교적 잘 보존된 인사동과 삼청동, 북촌, 서촌, 익선동으로 수많은 사람들이 몰려든 지난 십수 년간의 유행만 놓고 본다면, 결과적으로 신촌은 지역색이 살아 있는 상권으로 재조명받을 기회를

신촌로9길 일대 옹벽 위 동네

창천동 서측은 안산과 와우산 사이 능선 위에 자리한 언덕 동네다. 창서초등학교 뒤편 주택가는 석축을 쌓아야 할 정도로 경사가 가파르다. 옹벽 위 연속적으로 들어선 주택들의 입면은 마치 퇴적층의 단면을 보는 듯 흥미롭다.

잃었다고 할 수 있다. 이는 달리 생각하면, 신촌은 애초부터 비물질적 가치나 여유 따위는 발 디딜 틈조차 없는, 치열한 자본주의 시장경제의 현장으로 계획되었다는 의미이기도 하다.

평지를 이루던 신촌로9길은 옛 연희역 터를 목전에 두고 지대가 가파르게 낮아지며 성산로22길과 만난다. 경사지와 경의선 철로, 아치형 굴다리가 이루는 가로 경관이 인상적이다. 연희역은 1939년 폐역되었는데, 신촌연결선이 아직 남아 있었더라면 둑 위로 난 철로가 연희역으로 이어졌을 것이고, 성산로22길에선 북측 연세대 방향으로 경의선과 신촌연결선의 하부를 관통하는 두 개의 굴다리가 나란히 겹쳐 보였을 것이다. 신촌연결선의 운행이 중단되고 선로가 폐선되어 철길이 쓸모를 다하자, 버려진 노반과 철롯둑 사면 위로 무허가 가옥들이 빈틈없이 들어섰다. 1970년대 후반이 되어서야 시 당국에 의해 불법 주거지가 철거되었는데, 연세로13길로 접어들면 아직까지 남아 있는 무허가 가옥들을 볼 수 있다. 비록 철도용지 위 건축행위는 불법이지만 서울시가 오래전부터 이곳에 거주하던 주민들의 주거권을 인정하여 현재는 구청 소유 임대주택으로 활용되고 있다.[6] 열차의 선로와 철롯둑은 분명 수시로 소음과 진동에 시달려야 하는, 피하고 싶은 주거환경이지만 어떤 이에겐 손바닥만 할지라도 집 한 채 지을 수 있는 소중한 공간인 것이다.

학생 시절, 나는 매일 신촌 일대를 오고 갔음에도 단 한 번도 이 길을 거닐어본 적이 없다. 좁은 골목 양옆으로 밀착된 주택들이 답답해 보이기도 했거니와 아무런 상권이 형성되지 않았던 이 길을 굳이 찾아와서 이방

▲ 성산로22길의 경의선 아래 굴다리

▲ 철롯둑에 올라앉은 연세로13길의 주택들

인처럼 두리번거릴 이유가 없었다. 수많은 사람들로 북적이던 신촌의 여
느 골목들과 달리 이 길은 언제나 섬처럼 고립되어 희미한 가로등만이 적
적한 골목을 지키고 있었다. 하지만 몇 해 전부터 이 길에도 소소한 변화의
바람이 불기 시작했다. 하숙집 건물 옥탑에 소극장이 생기는가 하면 주택
을 개조한 식당이 들어서며 이 길을 찾는 외지인들이 늘어났다. 행여나 이

길을 다시 걷게 된다면 불편한 마음이 그나마 덜해져서 좋기는 하겠지만, 왠지 이 길만큼은 오랫동안 기찻길 옆 오막살이의 사적인 안마당으로 쓰이는 게 좋을 것 같다. 남쪽으로는 신촌 번화가, 북쪽으로는 경의선 철길로 섬처럼 고립된 이 주거지에서 그나마 숨통이 트이는 사적 공간은 이 골목길밖에 없으니 말이다.

좁다란 연세로13길에서 벗어나면 급작스럽게 확장되는 공간과 기호들에 당황스럽다. 온 천지는 시선을 갈망하는 간판들로 뒤덮여 있지만, 엉뚱하게도 가장 먼저 시선을 끄는 것은 북측면에 자리한 연대 앞 굴다리다. 대학 캠퍼스와 신촌 상업지구 사이의 전이 공간이자 연세대학교의 또 다른 교문이기도 한 이 굴다리는, 경의선 복선 철교와 철교 정가운데를 떠받치는 교각 그리고 길 양옆 10미터 높이의 가파른 콘크리트 옹벽으로 구성되어 있다. 굴다리라기보다는 철교 밑 통과 도로라고 하는 게 더 적절하지만, 1960년대 이전만 하더라도 이곳은 자동차 한 대 지나기 힘들 정도로 작은, 진짜 굴다리로 되어 있었다.[7] 그리 아름다울 것 없는 구조물임에도 이 굴다리에 유독 눈길이 가는 건 아무래도 단조롭기 짝이 없는 콘크리트 교량과 다리의 정가운데를 떠받치고 있는 단순하면서도 과장된 아치형 교각 때문일 것이다. 요즘은 좀처럼 보기 힘든 이 둔탁한 콘크리트 구조물은 1977년 이곳 도로가 확장되며 지어졌다. 이 굴다리는 1970년대의 미적 감수성을 환기함과 동시에, 1980년대 이 주변에서 벌어진 대한민국 민주화 운동의 기념비적 사건을 떠올리게 한다.

1987년 7월 9일, 연세대 정문에는 수많은 학생들과 시민들이 구름처

▲ 연세대 정문 앞 굴다리

럼 모여 있었다. 시민들의 행렬은 이내 연세대의 교문을 지나 아현고가도
로를 넘어 시청까지 이어졌다. 이날 연세대에선, 같은 해 6월 시위 진압대
가 쏜 최루탄에 머리를 맞고 쓰러진 이한열의 장례식이 진행되고 있었다.
당시 장례 행렬을 찍은 사진[8] 속에는 경의선 고가 철로와 굴다리 위에 위

태롭게 올라서서 운구 행렬을 지켜보는 수많은 시민들의 모습이 담겨 있었다. 사진 속에서는 굴다리조차 비장해 보였다.

비장한 굴다리 너머는 완전히 딴 세상이다. 왠지 낯설다. 창천동, 신촌과 대비되는 풍경이 낯설고, 나의 기억 속 모습과 너무 달라서 낯설다. 오늘날 연세대 정문 일대와 백양로 주변의 풍경은 1980년대 보도사진 속 모습과도, 그리고 학생 시절 나의 기억과도 많이 다르다. 대단한 추억이 있었던 것은 아니지만 2000년대 초반 나의 기억 속에 존재하던 대학 정문과 그 주변은 나의 스케치 속 풍경과 같았으며, 시간을 조금만 더 거슬러 올라 1990년대 후반만 하더라도 그림과는 또 다른 모습이었다. 누가 새로운 마을, 신촌(新村)에 들어선 대학이 아니랄까봐 교정은 늘 새롭고 언제나 공사 중이었다. 오래 머물지 못하고 이내 발길을 되돌린다. 문득 기형도 시인의 시 한 편이 떠오른다.

그는 어디로 갔을까
너희 흘러가버린 기쁨이여
한때 내 육체를 사용했던 이별들이여
찾지 말라, 나는 곧 무너질 것들만 그리워했다
_ 기형도, 〈길 위에서 중얼거리다〉

▲ 연세대교차로에서 바라본 연세대 정문과 캠퍼스 풍경

연세대 앞 대학촌
(창천동 동측)

대학 생활 4년을 오롯이 신촌에서 보냈음에도 누군가 내게 '신촌'을 대표하는 공간이 어디냐고 묻는다면 쉽사리 답하기가 어렵다. 딱히 기억에 남는 장소가 없기 때문인데, 한참을 생각하다 겨우 '독수리다방'을 생각해낸다. 신촌을 상징하는, 아니 상징했던 카페이자 문화공간인 독수리다방은 1971년 음악다방으로 처음 문을 열었다. 그곳의 명성이야 각종 매체와 선배들, 심지어 교수들로부터 귀가 닳도록 들었지만 정작 나는 독수리다방에 갈 마음이 들지 않았다.

내가 신촌을 드나들기 시작한 1998년에는 이미 기형도, 성석제 등 문학청년들이 머물던 옛 건물은 철거된 지 오래였고, 대신 그 자리엔 막 공사를 마친 8층짜리 새 건물, 독수리빌딩만이 전설 같던 시절을 짐작하게 하였다. 나와 나의 대학 친구들은 그곳을 친숙하게 '독다방'이라 줄여 부르며 건물 앞 공개공지를 약속 장소로 애용하긴 했지만 실제로 차를 마시러 다방 안에 들어간 적은 없었다. 독다방에서 미팅 따위를 했다는 다른 학우들의 경험담은 마치 전래동화를 듣는 것처럼 구식으로 느껴졌다. 그렇다고 해서 딱히 대안공간이 있었던 것도 아니다. 나를 포함한 대부분의 학생들은 별 특색 없는 영문 상호의 커피숍이나 세기말적 분위기가 물씬 풍기는 술집, 음침한 노래방과 담배 냄새가 찌든 피시방을 전전했다. 외환위기로 굴지의 대기업들이 속속 문을 닫던 1990년대 말, 내가 처음 마주한 신촌은 '문학청년의 아지트, 대안음악의 중심지, 그리고 사회변혁 운동의 중심지'⁹와 같은 고유한 정체성을 잃은 채, 김빠진 콜라처럼 아무런 청량감 없이 달기만 한, 저렴한 상업 공간으로 변질되어 있었다.

  하지만 1980년대 신촌은 핫한 동네였으며 1990년대까지도 그 후광을 등에 업은, 꽤나 잘나가는 동네였다. 신촌 전성시대는 대학촌, 원활한 교통, 그리고 빠른 변화 덕에 가능했다. 일제강점기, 연희전문학교(1918년)와 이화여자전문학교(1935년)가 신촌으로 이전한 이후로 신촌은 '대학촌'이라는 정체성을 얻게 되었다. 나중에 서강대학교(1960년) 역시 신촌로터리에서 남쪽으로 불과 400미터 떨어진 신수동에 자리하면서 신촌 일대는 좋건

▼ 연세로 독수리빌딩 앞

싫건 수많은 젊은이들과 대학생들이 동시다발적으로 모이고 지나쳐야 하는 공간적 특징을 갖게 되었다. 교통 또한 신촌의 오랜 자랑거리였다. 경의선과 신촌연결선(경성순환선)으로 신촌은 일찍이 도심과 유기적으로 연결되어 있었고 해방 이후에는 서울 서부 교통의 주요 거점으로 발전하였다. 유수의 대학들이 모여 있기에 등하교를 위한 교통편이 증설되었음은 말할 것도 없었다. 결정적으로 1984년 지하철 2호선 신촌역, 이대역이 개통됨에 따라 신촌은 명실공히 서부 교통의 중심지로 자리하게 된다.

시대적 상황도 따랐다. 1980년대 젊은이들의 주된 관심은 민주화운동이었고, 1990년대 젊은이들은 대중문화에 빠져 있었다. 그 어울리지 않는 접점을 가장 빠르게 만족시켜주는 공간이 신촌이었다. 그 결과 신촌의 상권은 확장되었고 시대별로 젊은이들이 즐겨 찾는 핫플레이스들이 생겨났다. 최루탄 냄새를 씻어내던 막걸리주점, 신촌블루스와 송골매, 들국화가 활동하던 라이브카페, 불야성을 이루던 우드스탁 록카페, 고급스러운 향수 향기가 가득한 그레이스백화점(현 현대백화점 신촌점), 한국 스타벅스 1호점 등 1980~90년대의 신촌은 2000년대 중반 이후 홍대앞에 비견될 정도로 '핫'하기 그지없었다. 하지만 신촌은 1990년대 중반부터 젊은이들의 소비와 문화, 예술의 중심지란 정체성을 유지하지 못한 채 그저 임대료가 비싼, 정신 사나운 번화가로 변했다. 이렇게 전락한 신촌의 모습을, 작가 성석제는 〈언젠가는〉에서 "발작적이고 얄팍하기 그지없는" 곳으로 묘사했다. 아울러 건축가 서현은 "뜨내기만 남은 곳"[10]으로 표현하기도 했다.

신촌 쇠락의 원인을 단순히 어느 하나로 설명하기는 어렵다. 다만 내가 신촌에서 적지 않은 기간 머물렀음에도 그리운 단골 식당이나 잊지 못할 추억의 공간이 그리 많지 않음과 관련이 있을 것이다. 어쩌면 이것은 이 동네를 단순히 시장경제 원리에만 내맡긴 탓일 수도 있으며, 신촌이 (누가 신촌 아니랄까봐) 어느 지역보다 발 빠르게 젠트리피케이션을 경험한 것은 바로 그 때문일지 모른다. 어쨌거나 신촌은 한 시절 머물렀지만 좀처럼 다시 가고 싶지 않은 곳, 졸업을 맞이하면 각자 다른 풍경과 추억으로 기억되는 곳, 여전히 많은 사람들로 붐비지만 항상 새로운 사람들로 채워지는 곳이 되었다. 적어도 내가 느끼기엔 그렇다.

신촌은 대학가답게 상업지역 후면에 자리한 주거지역 곳곳으로 하숙촌이 발달해 있다. 바람산 일대 주거지역 역시 연세대와 이화여대 정문에서 비교적 가까운 곳에 위치하여 두 학교 학생들이 선호하는 하숙촌이 형성되어 있다. 산이라기보다는 언덕에 가깝지만 등하굣길로 매일 오르내리기엔 만만하지 않았다. 대학 시절, 바람산 하숙촌에서 기거하던 친구 집에서 두어 번 신세를 진 적이 있는데, 명물로의 이면도로인 연세로4길에서 가파른 계단을 오르고 다시 경사진 길을 한참 걸어 올라야 그의 하숙집에 당도할 수 있었다. 연세대학교를 졸업한 김별아 작가의 단편소설만 보더라도 이 언덕을 오르는 일은 그리 만만하지 않았음을 짐작할 수 있다.

> 여관 골목을 지나 자취방에 이르는 가파른 언덕을 허위허위 기어오르다 보면 끈 떨어진 조롱박처럼 세상에 버림받은 기분이었다. 누구도 좁고 시린 내 어깨를 지탱해줄 수 없으리라는, 다소 감상적인 절망이었다.
> _ 김별아, 〈장미여관 뒷골목〉

▲ 바람산 하숙촌 인근에 있던 가파른 계단(지금은 에스컬레이터가 설치되었다.)

연세로2나길을 따라 지하철 신촌역 방향으로 끝도 없이 이어질 것 같던 단출한 원룸 건물(다가구주택)들은 특정 지점, 정확히는 주거지역과 상업지역이 구분되는 경계선에서 칼로 자른 듯 급작스레 숙박업소 건물들로 대체된다. 늦은 저녁 짙은 어둠이 바람산 언덕에 깔릴 즈음 두 영역의 경계는 더욱 극명하게 구분된다. 이곳에서부터 신촌역까지 수많은 러브호텔이 촘촘하고 빽빽하게 자리하고 있어 이 동네는 소위 '신촌 모텔촌'이라고도 불린다. 역시 연세대 졸업생이자 교수였던 작가 마광수는, 이곳에 실제로 있었다고 전해지는 한 숙박업소의 이름을 빌려 〈가자, 장미여관으로!〉라는 시를 썼다. 예술이냐 외설이냐 하는 세간의 설왕설래를 뒤로한 채 과감히 탈주의 언어를 구사한 그의 작품 안에서, 신촌 모텔촌은 '장미여관'이라는 상징적 이름으로 영구 박제되었다.

신촌 모텔촌의 역사는 1980년대 중반 신촌의 상업화와 맞물려 있다. 신촌으로 자본이 몰려들자 이 동네에는 전에 없던 주점과 유흥업소가 증가하였고, 자연스럽게 숙박업소에 대한 수요와 공급 또한 늘어났으며, 덩달아 신촌의 정체성 역시 대학가에서 번화가, 유흥가 등으로 변질되었다. 그러고 보면 신촌 모텔촌은 신촌의 변화를 상징적으로 보여주는 기념비라고 할 수 있겠다. 오늘날 신촌 모텔촌에는 약 40여 곳에 이르는 모텔[11]이 밀집하여 영업 중이다. 모텔 건축물은 약속이라도 한 것처럼 옹졸한 창문과 요철이 없는 민무늬 마감으로 통일하여, 몹시도 폐쇄적이고 색정적인 외관을 띠고 있다. 4층에서 9층까지 다양한 규모로 들어선 이 모텔들은 연세로2길과 그 길에서 파생된 연세로2가, 나, 다길을 따라 숨 막히도록 빽빽하게 들어차 있어 이곳을 걷노라면 마치 협곡에라도 와 있는 듯 답답한 기분

▲ 연세로2나길 '신촌 모텔촌'의 시작점

이 든다. 비록 모텔촌이라는 장소가 비일상적 기호들로 가득한, 호기심 넘치는 공간일지라도, 이곳을 걷는 일은 그렇게 유쾌한 일이 아니다. 아무리 이 마을(村)이 사랑으로 충만한 장소일지라도 건축물, 거리 그리고 이 공간을 지배하고 있는 산업화된 유흥, 숙박 시스템 자체에는 좀처럼 애정이나 사랑이 생겨나지 못한다. 그리하여 이곳 역시 맘 편히 거닐 수 없어, 서둘러 신촌의 양지로 되돌아 나온다.

뒷골목이고 앞 골목이고 신촌에선 어느 곳이건 소비를 목적으로 한 다양한 공간들이 게으른 하숙생의 방처럼 제대로 정리되지 못하고 엉망으로 뒤섞인 채 수시로 버려지고 새로 들어선다. 그런 까닭에, 대학 시절 적지 않은 시간을 이 신촌 거리에서 보냈건만, 내가 흘린 시간의 흔적은 좀처럼 주워 담기 힘들었다. 건축가 알도 로시는 그의 저서 《도시의 건축》에서 "기억은 장소와 연결되어 있으며 도시는 집단적 기억의 장소"라 말했다. 개인의 기억이 집단의 기억으로 확장할 수 있는 장소가 우리 도시 속에 많이 존재하면 좋겠다. 안타깝게도 신촌에는 그런 기억이, 그런 장소가 빈곤하다. 그리하여 나는 다음 목적지를 찾지 못해 두리번거리다가 문득 이렇게 방황하고 있을 잉여 공간조차 신촌에선 허용되지 않음을 깨달았다.

다시 와우교로 돌아가야겠다. 신촌연결선을 따라 걸었으니 이제 서울역 서측 동네이자 철길을 따라 걸어보는 마지막 코스, 당인리선의 자취를 밟아야겠다.

▲ 신촌로터리에서 바라본 연세로 초입

건축가의 건축

도화동주민센터
마포구 도화길 37

도화길 먹자골목을 걷다 보면 흰색과 검은색 매스의 조화, 면의 닫힘과 벌어짐, 심지어 패널의 골과 패턴마저 심상치 않은 도화동주민센터와 마주친다. 처음 이 건축물을 보았을 때 나도 모르게 중얼거렸다. "건축가의 건축이군……." 새내기 건축학도 시절, 내가 이 세상 건축물을 구분하는 방식은 아주 단순했다. '건축가의 건축인가, 아닌가.' 물론 여기서 말하는 '건축가'란 뚜렷한 건축철학, 확고한 작가정신, 섬세한 디테일을 품고 있는 '건축 예술가'를 의미했다. 도시 속 다양한 건축문화를 간과하게 만드는, 무척이나 편협한 사고방식이었음을 인정하지만, 고백건대 나는 아직도 그 사고방식에서 완전히 자유롭진 못하다. 도시 속 수많은 건축물 속에서도 '건축가의 건축'에 제일 먼저 시선을 사로잡히는 걸 보면……. (인터커드 윤승현 설계)

럭비공 같은 현실

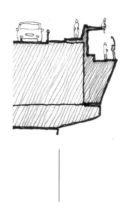

마포대교 쉼터
영등포구 여의도동

'설계안전성검토(DFS)'란 용어가 있다. 시설물의 공사 또는 사용 중 벌어질 위험 요소를 예측하고 설계 단계에서 미리 제거하기 위한 제도다. 건축가 역시 건축물을 설계할 때 다양한 요소를 미리 고려하지만, 그게 말처럼 쉽지는 않다. 이곳 사례를 보면 더욱 그렇다. 마포대교를 걷다 보면 보행로 일부가 서서히 낮아지고 자연스레 공간이 분리되어 아늑하면서도 조망이 좋은 쉼터가 나타난다. 감각적인 디자인이 돋보이던 공간. 그런데 2018년 봄, 이 쉼터의 캐노피가 모두 철거되고 말았다. 햇볕과 비를 막는 데 꼭 필요한 지붕이었음에도 그것을 밟고 올라서면 한강으로 투신하기 쉽다는 이유로 철거되고 만 것이다. 이미 잦은 투신으로 악명 높은 곳이었던 데다, 실제로 지붕 위에서 투신 시도가 발생하기도 했으니 서울시의 고충도 이해는 된다. 그런데, 자신이 설계한 지붕이 투신 장소로 쓰이게 될지 건축가는 꿈에서라도 생각해보았을까? 럭비공 같은 현실이 건축가에겐 매번 새로울 뿐이다.

모방과 변용, 거장으로 가는 길

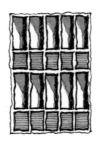

서강대학교 본관
마포구 서강대길 17

1960년 준공된 서강대학교 본관의 설계는 건축가 김중업이 맡았다. 김중업은 건축물 전면을 브리즈 솔레유(brise-soleil, 르코르뷔지에가 즐겨 쓰던 미적 차양)로 뒤덮음으로써 그가 르코르뷔지에의 제자임을 아낌없이 드러냈다. 서강대 본관뿐 아니라 건국대 도서관, 부산대 본관, 그리고 지금은 철거된 제주대 본관 등 그의 초기 작품에는 어김없이 르코르뷔지에에 대한 짙은 오마주가 담겨 있다. 예술가는 자신만의 고유한 언어를 만들어내기까지 (불가피하게) 모방과 변용의 과정을 거친다. T. S. 엘리엇 같은 시인조차 "어설픈 시인은 흉내 내고, 노련한 시인은 훔친다"라 말하지 않았던가. 비록 김중업의 초기 작품들이 무엇인가를 완벽하게 훔치지는 못했더라도 그것들은 분명 이후 그만의 건축 언어를 완성하기 위한 발판이 되었을 것이다.

신촌의 정체성을 찾기 위한 노력

신촌 파랑고래
서대문구 연세로5나길 19

현대백화점 북측, 신촌로와 성산로와 명물길 세 축이 만나는 공간. 이곳은 '신촌답지 않게' 공원(창천문화공원)으로 비워져 있음에도 주변이 온통 유흥시설로 둘러싸인 탓에, 늦은 밤 취객들이나 갈 곳 없는 성소수자들 외에는 도통 찾아갈 이유가 없는 장소였다. 이처럼 신촌은 몇 안 되는 빈 공간조차 제대로 활용하지 못한 채 어쩔 줄 몰라 하는 처지였다. 하지만 서울시도 신촌의 옛 명성을 되살리고자 무진 노력 중이다. 그 일환으로 2020년 창천문화공원이 정비되고 새로운 건축물, 파랑고래가 들어섰다. 지역 주민과 커뮤니티와 청년들의 문화 활동을 위해 준공된 이 건축물은 유선형 매스와 다채로운 공간 구성, 그리고 건축물의 경계를 모호하게 만드는 원형 금속판 외장이 인상적이다. 건축물 하나가 지역의 성격까지 바꿀 수 있을지는 의문이지만, 이 아담하고 흥미로운 공간이 후세대 젊은이들에게 '신촌' 하면 떠올릴 수 있는 '집단적 기억'의 장소가 되길 기대해본다. (SoA건축사사무소 설계)

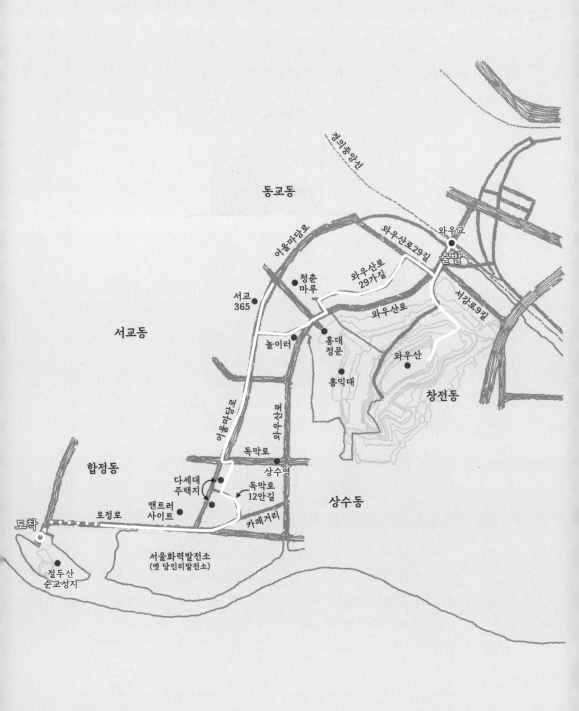

동교동

경의중앙선

서교동

동교동

와우교
출발

와우산로29길

어울마당로

청춘
마루

와우산로
29가길

서교
365

서강로9길

놀이터

와우산로

홍대
정문

와우산

합정동

홍익대

창전동

어울마당로

어울아한로

독막로

상수역

상수동

다세대
주택지

독막로
12안길

도착

토정로

앤트러
사이트

카페거리

서울화력발전소
(옛 당인리발전소)

절두산
순교성지

일곱 번째
걷기

웅크린 산 아래,
연기 잦아든 문화발전소의 굴뚝

와우산,
홍대앞

　나는 다시 와우교에 서 있다. 마지막 코스이므로 어느 방향으로 첫발을 디딜지 신중해진다. 지도를 펼쳐본다. 경의선숲길은 250미터 앞, 거대한 홍대입구역 복합역사에 가로막힌다. 숲길은 거기서 서쪽으로 300미터가량 더 가야 이어진다. 지도를 자세히 보니 경의선에서 갈라진 길 하나가 일정한 방향성을 지닌 채 완만한 곡선을 그리며 한강 변 서울화력발전소까지 이어짐을 확인할 수 있다. 이제는 이 길이 옛 당인리선 철로가 놓였던 자리임을 어렵지 않게 짐작할 수 있을 것이다.

　앞에서 언급한 대로 당인리선의 역사는 발전소에서 시작되었다. 1920년대 후반, 경성전기주식회사는 경성 시내 전력 공급을 목적으로 당인리에 발전소 건설을 추진하였다. 당시 당인리는 발전소 입지로 나쁘지 않았다. 화력발전소는 물과 연료 공급이 중요한데, 당인리는 강변에 자리하여 물 공급이 용이했다. 연료 공급도 어렵지 않게 해결할 수 있었다. 마침 놀고 있던 옛 경의선(용산선)에 철길을 조금만 더 이어 붙이면 당인리까지 석탄 공급이 가능했기 때문이다. 그리하여 철로는 당시 용산선 서강역에서 시작하여 세교리역(현 홍대입구역 인근)과 방송소앞역을 거쳐 당인리발전소역까지 약 2.4킬로미터 구간으로 계획되었고, 발전소가 전력을 생산하기 약 1년 전인 1929년 9월 개통되었다. 이렇게 당인리선은 논과 밭이

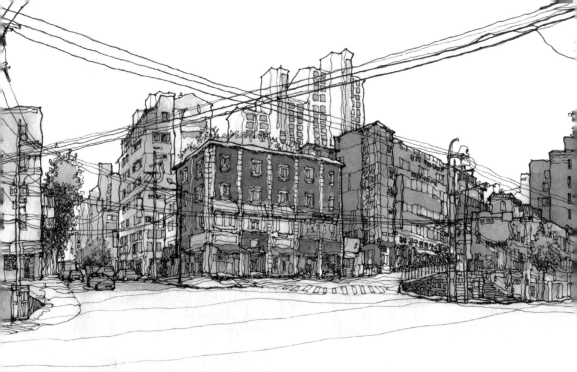

펼쳐진 서교동, 합정동, 당인동을 선점함으로써 향후 '홍대앞'으로 불리게
될 이 동네들의 생성과 변화에 지대한 영향을 미쳤다.

　　다시 지도를 들여다보니 와우교 남쪽 300미터가량 떨어진 곳에 와우
산이 보인다. 와우산, '와우아파트 붕괴 사고'가 일어났던 곳, 바로 그 와우
산이다. 당시 서울의 운명을 뒤바꿨던 대형 참사의 현장은 오늘날 어떠한
모습을 하고 있을까? 마침 산 옆에는 그 유명한 '홍대(홍익대학교)'도 자리하
고 있다. 아무래도 이 동네에서의 첫걸음은 와우산 방향으로 시작해야겠

다. 한참 철길 이야기를 해놓고선 느닷없이 산길로 가겠다니 엉뚱해 보일 수도 있겠다. 하지만 홍대앞은 철길과 함께 시작된 동네다. 이렇게 가든 저렇게 가든 홍대앞에 있는 한 결국은 당인리선 철길과 만나게 될 것이다.

누워 있는 소를 닮은 산, 와우산(臥牛山)은 그 높이가 겨우 100미터 정도에 불과해 산이라기보다는 언덕에 가깝다. 와우교에서 와우산로에 접어들더라도 주변 상가건물과 아파트에 가려 와우산은 그 위치조차 가늠하기 쉽지 않다. 상가건물들 사이, 비밀의 통로처럼 난 가파른 경사로에 접어들어야 비로소 수목이 우거진 와우산이 모습을 드러낸다. 와우아파트가 있던 자리는 와우산로30길을 따라 산 반대편 남쪽으로 걸어간 뒤, 숲속 오솔길을 따라 조금 더 걸어가면 이를 수 있다. 현재 와우아파트 자리는 수목이 우거진 공원으로 조성되어 있다. 붕괴 사고 당시 사진만 보더라도 산비탈엔 오직 와우아파트만이 도드라져 보였는데, 지금은 그 자리를 제외한 모

▼ 옛 와우아파트 터에서 바라본 시가지 풍경

든 곳이 다른 아파트로 뒤덮여 있다.

1960년대 후반, 폭발적으로 증가하는 서울시 인구와 함께 무작정 늘어나는 판잣집은 당시 정부와 서울시 당국의 골칫거리였다. 앞서 다녀간 후암동, 해방촌, 아현동, 서계동 그리고 신촌 주거지, 이 모두가 그 시절 판자촌들이다. 판자촌은 철거되더라도 금세 잡초처럼 되살아났기에 확실한 해결책이 필요했다. 이번에도 김현옥 시장이 나섰다. 1968년, 서울시는 불법 주택 양성화 가능 지역을 제외한 나머지 판자촌 77만 평에 시민아파트 2000동 건립 계획을 발표한다.[1] 와우산 판자촌은 그렇게 발표된 시민아파트 대상지 중 하나였다.[2] 하나 아무리 김현옥일지라도 단기간 내에 시민아파트 2000동을 공급하겠다는 공격적인 목표는 당시 기술과 자본으로는 무리한 계획이었다. 1969년부터 이미 서울 시내 대부분의 시민아파트는 날림공사와 품질 저하, 안전 불감증, 부정부패 등 크고 작은 문제로 골머리를 앓고 있었다. 와우아파트 역시 예외는 아니었다. 무면허 건설사가 날림으로 지은 이 사상누각은 4개월 만에 균열이 발생하기 시작했고 1970년 4월 8일, 결국 1개 동이 무너지고 말았다.

와우아파트 붕괴 사고로 인해 34명의 사망자와 40명의 부상자가 발생하였으며 김현옥은 이 사건에 책임을 지고 시장직에서 물러났다. 잠깐 정리하는 기분으로 김현옥 재임 4년 동안 서울시에서 추진한 개발사업들을 열거하자면 청계고가, 세운상가, 마포대교, 여의도, 시민아파트 그리고 도심 지하도, 도심 도로, 낙원상가, 남산1, 2터널, 강변북로 등이 있다. 이렇듯 그가 서울시에 남긴 족적은 실로 유일무이했으니 와우아파트 붕괴는 서울시의 운명을 뒤바꾼 전 도시적인 사건이라 할 수 있었다. 와우아파트가 무너지지 않았더라면 어떻게 되었을까? 어쩌면 해방촌, 아현동과 같은 구릉지에도 수많은 시민아파트가 빽빽이 들어섰거나, 세운상가나 청계고가도로를 능가하는 또 다른 도시 흉물이 서울 곳곳에 기념비처럼 들어섰을지도 모른다. 아니면 김 시장의 임기가 채 끝나기도 전에 이 모든 것들을 깔끔하게 철거하고 또 다른 토건 신화를 이어갔을 수도 있다. 분명히 지금의 서울과는 꽤 다른 모습을 하고 있을 것이고, 모르긴 몰라도 도시학자와 건축가들에겐 더 많은 숙제가 주어졌을 것이다.

와우산에서 내려와 와우산로의 이면도로, 와우산로29가길을 따라 홍익대 방향으로 걷는다. 미술대학의 유명세에 걸맞게 홍익대 주변에는 수많은 미술학원이 터줏대감처럼 자리하고 있다. 길 곳곳에 다양한 미술학원이 즐비하게 들어선 모습은 이 동네에서만 볼 수 있는 독특한 경관이기도 하다. 홍익대학교는 해방 후 1946년 홍문대학관으로 개교하여 1949년 미술과를 포함한 4년제 홍익대학으로 승격되었다. 6·25전쟁으로 뿔뿔이 흩어졌던 단과대학들이 1955년, 지금의 상수동 캠퍼스로 결집하면서 홍익대는 번듯한 종합대학의 구색을 갖추게 된다. 하지만 1961년 5·16쿠데타로 들어선 박정희 군사정권이 같은 해 대학 정비령을 발표하면서 미술대학을 제외한 홍익대의 모든 학과는 더 이상 수업을 할 수 없게 되었다.

홍익대학교는 1971년 수도공대를 인수 합병하며 종합대학의 위상을 회복하지만, 대학 승격 이래로 꾸준히 맥을 이어온 미술대학의 위상 덕에 수험생들에겐 여전히 '홍대는 미대'라는 고정관념이 생기고 말았다. 서울역사박물관의 생활문화보고서《홍대앞, 서울의 문화발전소》에 따르면, '홍

▲ 와우산로29길에서 바라본 미술학원과 골목

대앞'이 갖는 정체성은 "미술대학으로 유명한 홍익대학교의 특성과 맞닿아 있으며 지금의 홍대앞 문화는 홍익대학교 앞이기 때문에 가능"했다. 이렇게 '홍대' 하면 연상되는 자유분방함과 창의성, 개성, 대안, 비주류와 같은 이미지가 홍익대학교 미술대학에 뿌리를 두고 있음 감안해볼 때, 상명하복이나 획일성 등의 조직문화를 강조하는 군사정권이 강행한 대학 정책

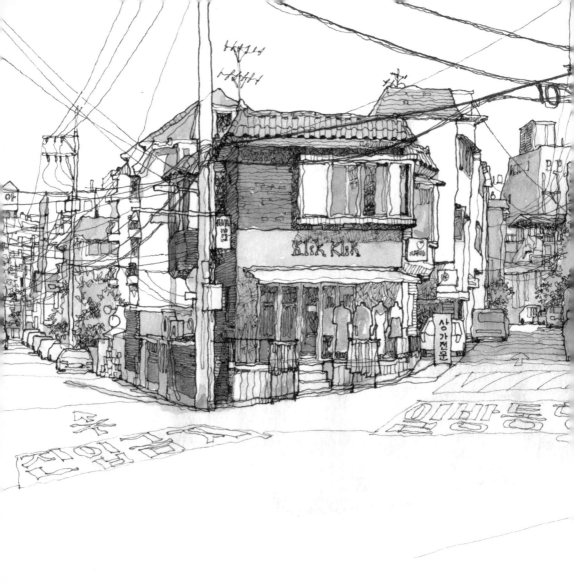

▲ 와우산로27길, 29가길, 29나길 교차점 풍경

의 결과는 상당히 아이러니하다. 조금 과장하자면, 군사정권 덕에 오늘날 홍대앞이 존재할 수 있었다고나 할까?

여느 젊은이들과 마찬가지로 나는 2000년대 중반부터 2010년대 중반까지 적지 않은 시간을 홍대앞에서 보냈다. 라이브카페, 인디밴드 버스킹 그리고 수많은 청춘들의 넘치는 에너지도 좋았지만, 무엇보다 나는 '홍대앞'의 흥미로운 도시조직에 매료되었다. 홍익대 캠퍼스와 와우산을 따라 'S' 자로 휘어진 와우산로, 그리고 홍대입구역에서 완만하게 곡선을 그리며 당인리발전소까지 이어지는 어울마당로, 두 길 사이에는 방사형, 격자형 그리고 나뭇가지 같은 비정형의 좁은 길들이 얽히고설켜 있다. 그리하여 홍대앞에서 길을 잃더라도 별 걱정 없이 아무 골목이나 걷다 보면 결국 익숙한 와우산로나 어울마당로에 이르게 되어 있다. 게다가 그렇게 들어선 아무 골목길에는 어김없이 분위기 좋은 카페와 매력적인 가게, 아기자기한 식당이 불쑥 나타나선 나에게 서둘러 들어오라고 재촉했다. 나는 그러한 홍대앞 도시조직이 좋았다.

개인적인 추억 또한 홍대앞을 한없이 매력적인 곳으로 느끼게 했다. 대기업 금융사에서 일하는 인디밴드 싱어송라이터 친구가 홍대앞 지하 공연장을 대관하여 단독 공연을 하던 날, 나는 단출한 그림 몇 점을 공연장 구석구석에 내걸고 첫 개인전을 가졌다. 또 다른 공연에선 그 친구와 함께 쓴 그림책을 공연 중 판매하기도 했다. 음악에 취한 관객들은 어설피 제본된 그림책을 사는 데 그들의 귀한 돈을 아끼지 않았다. 지금 생각하면 말도 안 되는 관용과 흥의 무대는 그곳이 홍대앞이었기에 가능했다.

이렇게 '홍대앞'으로 불리는 공간은 좁게는 홍익대 앞 동교동, 서교동과 합정동의 일부를 의미하며 넓게는 상수동, 연남동, 망원동, 성산동까지 포함하고 있다.[3] 이렇게 광활하게 형성된 홍대앞 권역도 그 역사는 비교적 짧은 편인데 아무리 오래전으로 거슬러 오르더라도 1950년대를 넘지 못한다. 홍대앞은 홍익대가 마포구 상수동에 자리를 잡은 뒤 대학가 주변으로 들어선 조촐한 상권에서 시작되었다. 지하철 2호선이 개통된 1980년대 중반만 하더라도 홍익대 일대는 특별할 것 없는 대학가 동네였지만, 1990년대부터 독특한 카페가 모여 있는 일명 '피카소거리'가 인기를 끌기 시작했다. 같은 시기, 신촌에서 홍대로 이탈한 라이브카페가 언더그라운드, 인디밴드들의 주된 활동 무대가 되고, 미술 작업실에서 자생한 댄스클럽이 인기를 끌면서 홍대앞만의 정체성은 더욱 뚜렷해졌다.

1990년대를 거치며 홍대앞 곳곳에 축적되던 '홍대스러움'의 에너지는 2000년대 초반 '2002 한일월드컵'과 '걷고싶은거리' 조성 등을 계기로 요란스럽게 폭발하였다. 홍대앞은 '홍대병' '홍대부심'과 같은 신드롬을 일으키며 전국 최고의 핫플레이스로 부상하였다. 하지만 폭발과 동시에 급격히 팽창된 홍대스러움의 빈틈 사이로 소비자본주의가 빠르게 스며들었다. 어중이떠중이들이, 나처럼 '힙'과는 거리가 먼 '아재'들이, 관광객들이 몰려들었고 프랜차이즈 상점들이 우후죽순 들어섰다. 그렇게 홍대앞은 앞서 다녀가본 신촌과 유사한 변화의 과정을 겪었다. 다만 다른 점이 있다면 그러한 현상을 정의하는 용어, 젠트리피케이션이 보편화되었고 사회적으로도 그러한 현상을 막기 위한 집단적 움직임이 시작되었다는 것이다.

▲ 홍익대 정문 '홍문관' 안쪽으로 보이는 캠퍼스 내부

당인리선 흔적,
발전소 앞

    홍익대학교 정문의 남서측 맞은편에 있는 홍익문화공원(옛 홍대놀이터)* 옆길을 따라 상권 안쪽으로 조금 더 깊숙이 들어가면, 지금까지 걸었던 동네들과 사뭇 다른 가로 경관에 정신이 어지럽다. 길바닥에 뿌려진 광고 전단지처럼, 거리엔 온통 과잉된 색상과 상호, 형상, 기호가 사정없이 꾸역꾸역 쑤셔 박혀 있다. 시인 조동범은 〈르네상스 안경점〉에서 이곳을 "찬란과 풍요의 거리"로 표현했다. 이런 풍경은 어울마당로와 교차하는 사거리에서 절정을 이룬다. 당인리선이 철거되며 조성된 바로 그 길이다. 그러고 보니 어느새 철길이 있던 자리로 돌아왔다. 홍대앞에선 어떻게든 철길과 만나게 될 것이라고 말하지 않았던가.

    홍대앞 도시 구조를 결정지은 당인리선은 1980년 철거되었다. 발전기의 연료가 저황유로 대체되면서 석탄을 공급해주던 철길 역시 더 이상 필요가 없어진 것이다. 이미 언급했지만 버려진 철길을 활용하는 방법은 두 가지다. 채우거나 채우지 않거나. 다만 신촌연결선이 철거되던 시절보다 국가경제와 주택공급 상황이 좀 나아졌기 때문일까? 빈 공간을 활용하

● 서교지구 토지구획정리사업이 한창이던 1963년에 홍익어린이공원으로 처음 만들어졌지만, 홍대앞 상권이 확장하면서 자연스럽게 이곳에 놀러 온 '어른이'들의 차지가 되었다.

는 방식도 조금 달라졌다. 반은 채워졌지만 반은 비워졌다. 세교리역 터에서 홍익로 사이 먹자골목[*] 구간과 발전소 인근 당인동 구간을 제외한 나머지 약 750미터 구간은 말끔하게 비워져 널찍한 길로 새롭게 태어났다. 당시엔 예상하지 못했겠지만, 2000년대 이후 어울마당로가 홍대앞 상권의 중심축이 되었음을 감안한다면 이러한 변화는 홍대앞의 운명을 결정지은 중요한 사건이었다.

비워진 공간으로 너무 많은, 모든 것이 들어찬 어울마당로에서도 유독 시선을 끄는 독특한 건물군 하나가 있다. 폭이 좁고 낮은 상가들이 마치 기차처럼 200미터가량 길게 이어진 건물군, 바로 홍대앞의 상징 '서교365'다. 생김새를 보면 짐작할 수 있듯, 서교365의 역사 또한 평범치 않다.

1955년 홍익대가 서교동에 자리 잡은 이후 기차역과 기찻길 주변에는 학생들과 지역 근로자를 위한 상가와 식당, 주점 등이 꾸준히 들어섰다. 당인리선 철로와 서측 시장 골목 사이 콘크리트 둑 위에도 예외 없었다. 굴곡 없이 평평하게 이어져야 하는 철로의 노반이 주변 지반보다 높은 경우 보통 콘크리트 둑을 설치하는데, 그런 둑 위로도 영세한 가게들이 하나둘 들어서기 시작한 것이다. 그렇게 둑을 따라 염치없이 들어선 건물들이 한 건물처럼 길게 이어져 오늘날 서교365가 되었다. 고르지 못한 서교동의 지형이 지금의 서교365를 만든 셈이다.

당인리선에 의해 생겨난 서교365 건물군은 아이러니하게도 당인리

● 2002년에 먹자골목 무허가 건물이 철거되고 '걷고싶은거리'가 조성되었다.

▲ 어울마당로에서 본 서교365 건물군

선이 철거되면서 다시 태어나게 되었다. 소음과 분진, 매연으로 10년 넘게 등을 돌려야 했던 철길이 하루아침에 열린 공간으로 변모하자 변화에 굼뜬 건물조차 슬금슬금 고개를 돌려 옛 철길(주차장길)로 창과 출입문을 내었다. 그렇게 주차장길, 지금의 어울마당로가 새롭게 조성된 이후 오래 지나지 않아, 서교365는 저렴한 임대료와 흥미로운 공간구조 그리고 홍대앞

▲ 홍익로3길 쪽에서 본 서교365

이라는 문화환경으로 인하여 다양한 예술가들로부터 사랑받는 핫플레이
스가 되었다. 예술가들은 서교365를 생산과 소비가 동시에 이루어지는 복
합예술공간이자 다양한 문화 활동이 이루어지는 가장 '홍대스러운' 공간으
로 구축하였다.[4] 2005년 마포구가 '걷고싶은거리' 2단계 조성사업을 진행

하면서 서교365를 철거 대상으로 지정하자 예술가들이 다양한 예술 저항 운동으로써 철거를 막아낸 것은 응당한 결과였다. 그들에게 서교365는 '좀 낡긴 했지만 임대료가 저렴해서 좋은 곳'이 아닌, 그들이 창조하고 구축해 낸 '문화 그 자체'였던 것이다.

이 사연 많은 건물군에 각별한 애정을 갖고 있던 건축가들 역시 서교 365가 질긴 삶을 이어가는 데 큰 역할을 하였다. 건축가들에게 '기존 건축물의 존치'란 곧 '새로운 일거리의 부재'를 의미함에도, 이 오래된 건물을 지키기 위해 그들이 적극적으로 나섰던 건 단순히 경제성만으로는 설명되지 않는 서교365만의 가치 때문이었다. 홍익대 졸업생으로서 1980년대 후반, 초창기 홍대앞의 역사를 직접 경험한 홍익대 조한 교수는 서교365의 가장 큰 가치를 "건물 하나하나마다 그곳에 살던 사람들의 기억이 담겨 있으며, 그런 작은 기억의 집합체가 또 하나의 큰 홍대의 기억"을 이루고 있는 것에서 찾았다.

건축가들이 서교365에 대해 논할 때 유독 기억이란 개념에 천착하는 이유는 뭘까. 이 낡아빠진 건물군에서 건축의 3요소인 기능, 구조, 미를 모두 제거한 후에도 콘크리트, 철, 유리, 나무의 표면과 틈 사이에 여전히 남아 있는 그 무엇 때문일 것이다. 그리고 그것은 개인적인 에피소드부터 사회, 집단적인 사건과 역사까지, 이 모두를 아우르는 시간이라는 개념으로 압축될 수 있겠다. 기억은 구상적이고 물질적인 건축물에 시간이란 추상적 관념을 연결시키는 매개체와 같다. 비록 서교365를 살린 예술가와 건축가들이 정작 살인적인 임대료 때문에 이 건물을 떠나야 했던 또 한 번의 아이러니가 있긴 하지만, 서교365는 그러한 시간까지 물질적인 형상으로 품게 되었다. 과연 이 기억의 집합체는 홍대의 어느 시간까지 품게 될 것인지 오래오래 지켜보고 싶다.

서교365의 남단, 옛 방송소역이 있던 자리에서 어울마당로 노상주차장길을 따라 조금 더 남쪽으로 내려가면, 그저 그런 상가건물들 사이로 높다란 굴뚝 하나가 삐죽 솟아 있는 것이 보인다. 원래는 물탱크도 있었는데 지금은 철거되어 보이지 않는다. 물탱크와 굴뚝은 물을 끓여 전기를 생산하는 화력발전소의 상징과도 같다. 저곳은 옛 당인리선의 종착지이자 나

▼ 어울마당로 노상주차장 남단에서 보이는 발전소 굴뚝

▲ 독막로12길 초입의 오래된 주택

의 기나긴 도시 걷기의 종점, 서울화력발전소이다. 거의 다 왔다. 저기 보이는 굴뚝을 이정표 삼아 조금 더 남쪽으로 내려갈 것이다.

현란한 간판과 수많은 사람들도 모자라 노상주차장에 주차된 형형색색 차량들로 정신 사납던 어울마당로 분위기도 독막로를 지나면 급변한다. 홍대앞의 번잡함은 간데없이, 거짓말처럼 조용한 주택가가 남쪽으로 이어진다. 어울마당로와 나란한 이면도로, 독막로12길로 접어들어 다세대

주택촌을 헤매다 보면 붕어빵같이 똑같은 건물들 사이로 슬쩍 보이는 아담한 골목길에 발걸음이 멈춰진다. 골목길이 던지는 유혹은 외면해선 안된다. 일단 들어가고 봐야 한다.

독막로12길에서 잔가지처럼 갈라져 와우산로3길까지 이어지는 독막로12안길은 아담한 집들과 완만한 경사로로 이루어진 흥미로운 골목길이다. 소위 '시간이 멈춘 듯한 풍경'을 골목 구석구석에서 발견할 수 있다. 그렇게 골목 안을 두리번거리며 걷다 보면 오래된 주택들 사이로 서울화력발전소의 의미심장한 굴뚝 하나가 슬그머니 모습을 드러낸다. 어느새 발전소에 성큼 가까워졌다. 이제는 사용되지 않는 굴뚝임에도 낮은 건물들이 즐비한 당인동, 상수동에서는 그 존재감이 유독 크다. 후암동이나 해방촌 일대를 돌아다니면 어김없이 남산서울타워가 그 배경에 등장하듯, 당인동, 상수동에서는 서울화력발전소의 거대한 굴뚝과 육중한 철골 구조물이 제일 먼저 눈에 들어온다. 바로 저 거대한 구조물 때문에 당인동, 상수동은 사람들로부터 오랫동안 외면받았다. 거대한 굴뚝에서 나오는 매연과 분진 그리고 발전기의 소음, 송전선로 전자파 등에 의해 '재산권과 건강권이 희생되는 힘없는 소수자'[5]의 동네였다.

하지만 역설적으로 화력발전소 인근 동네라는 조건이 오늘의 상수동을 만들었다. 상수동은 홍대앞과 가까운 곳에 위치함에도 화력발전소라는 '혐오시설'로 인해 항상 집세가 저렴했다. 그 덕에 미대생과 건축학도들은 상수동 셋방에 그들의 작업실을 마련하였으며, 홍대앞을 활동 무대로 삼는 예술가들 역시 저렴한 숙소를 구하고자 할 때 제일 먼저 상수동 주택가를 서성거렸다. 낮은 임대료와 홍대앞으로의 접근성, 그리고 오랫동안 상

▲ 독막로12안길 주택 너머로 보이는 발전소 굴뚝

당인동 다세대주택

당인동의 옛 당인리선 구간은 철로가 철거된 이후 한동안 나대지로 방치되다 1980년대 후반에 이르러 다세대주택이 지어졌다. 다세대주택은 1980년대 주택난 해소를 위한 건설부(현 국토교통부)의 작품이었다. 지상 3층, 연면적 330제곱미터(1990년 4층, 660제곱미터로 개정) 이하의 건물에 최대 15세대까지 개별 분양이 가능했다. 다세대주택을 짓는 사업자에겐 상당히 안정적인 수익 구조가 생긴 것이다. 게다가 지하층 여부를 판단하는 기준이 완화되었고, 개별 세대의 지하층 거주 역시 합법화되었다. 좁고 볕이 안 드는 반지하 세대를 마음껏 공급할 수 있는 법적 환경이 조성된 셈이었다.

▲ 와우산로3길 남단 '그문화다방' 앞

수동에 형성된 작업실 및 숙소로서의 친밀감은 상수동이 홍대앞의 첫 번째 대안 동네로 자리하는 데 큰 역할을 했다.[6] 초창기 홍대앞을 일군 1세대 주역들(이리카페, 그문화다방)이 홍대앞 젠트리피케이션이 본격화되던 2000년대 중반부터 바로 여기 상수동에 새로운 둥지를 틀게 된 것은 어찌보면 자연스러운 일이었다.

와우산로3길 '상수동 카페거리'

상수역 남쪽 와우산로에서 발전소까지 사선으로 300미터가량 이어진 이면도로, 와우산로3길. 얼핏 여느 주택가 골목처럼 보이지만 거리 곳곳에는 독특한 분위기의 식당과 범상치 않은 카페, 문화 공간들이 들어서 있어 '상수동 카페거리'로도 불린다. 늦은 밤 평범한 일상의 풍경이 어둠 속에 함몰되면 곳곳에서 새어 나오는 은은한 불빛이 이 길을 매우 비일상적으로 만든다. 은은하게 존재감을 드러내는 이 길은 2000년대 초반 홍대앞의 골목골목을 떠올리게 한다. 골목 남단에 가까워질수록 발전소의 굴뚝이 점차 크게 다가온다.

독막로12안길 골목에서 빠져나와 와우산로3길을 따라 남쪽으로 걷는다. 길은 어느새 내리막이다. 와우산로3길의 끝단, 토정로에 다다르니 숨바꼭질하듯 나타났다 사라지기를 반복하던 굴뚝이 거대한 실체를 드러낸다. 그 옆으로 최근에 새로 지어진 또 다른 거대 구조물도 보인다. 드디어 나는 당인리선의 종착지이자 나의 도시 걷기의 마지막 지점, 서울화력발전소에 도착했다.

서울화력발전소 그리고 그 주변 합정동은 홍대앞에서 그리 멀리 떨어지지 않은 곳에 위치함에도 우연한 발길조차 쉽사리 닿지 않는 외진 강변 동네였다. 그러다 2010년 이후 상수동과 당인동, 합정동 일대로까지 홍대앞 상권이 확장되면서 이곳은 각종 매체나 SNS에서 쉽게 접할 수 있는 친숙한 동네가 되었다. 그렇다고 발전소까지 친숙해진 것은 아니었다. 발전소는 여전히 높다란 울타리로 그 내부와 한강까지 가로막아 이 주변 동네의 경관을 답답하게 만들고 있다. 지금 기준으로는 한강을 남향으로 바라보고 있는 최적의 입지에 발전소가 자리한 것이 무척이나 엉뚱해 보이겠지만, 처음 발전소가 들어선 1930년대만 하더라도 이곳은 행정구역상 고양군에 속한 양화진 인근 조용한 시골 마을이었다.

서울화력발전소(옛 당인리발전소)는 서울 시내 전차에 전력을 공급할 목적으로 1930년 준공되었다. 1호기가 준공된 이후 6년 만인 1936년 2호기가 증설되었고 해방 이후 국내 전력공급에 차질*이 생기면서 1954년 3호기가 증설되었다. 이어 개발 시대가 도래하였다. 충분한 전력 확보는 개발

● 해방 전까지 서울의 주된 전력은 북한 지역의 수력발전소에서 공급받고 있었다.

시대의 필수 불가결한 조건이었다. 그리하여 4호기(1971년 준공)와 5호기(1969년 준공)가 1960년대 중반 연이어 착공되었고 이내 서울화력발전소는 개발 시대 대한민국 최대의 발전소로 자리잡았다. 1호기와 2호기는 1970년에, 3호기는 1982년에 폐기되었고, 4호기와 5호기도 각각 2015년과 2017년 이후부터 전기를 생산하지 않고 있다. 대신 서측 부지에 새롭게 들어선 복합화력발전기 2기가 2019년부터 800메가와트 규모로 서울 전역에 전기를 공급하고 있다.[••] 한 가지 특이한 점은 이 발전소의 발전 설비가 지상이 아닌 땅속에 설치되어 있다는 것이다. 발전소는 대체 어쩌다가 땅속으로 들어가게 된 걸까?

일제강점기에 들어선 1호기를 시작으로, 서울화력발전소는 해방 이후 1970년대까지 꾸준히 발전시설을 증설하며 개발 시대 동안 서울시의 안정적 전력공급에 크게 기여했다. 하지만 시간이 흐르며 처지가 달라졌다. 노후화된 발전기는 급격히 증가한 서울시 전기 소비량을 따라가지 못했다. 무엇보다 쾌적한 주거환경에 대한 주민들의 요구는 커져만 갔고 홍대앞 상권은 발전소 동네 인근까지 그 범위를 넓혔다. 마침 2006년 새로 선출된 오세훈 시장은 임기가 시작되자마자 야심찬 사업안을 발표했다. 바로 '한강 르네상스'였다. 한강을 '세계적 명소'로 만들겠다는 개발사업의 세부 계획 중에는 발전소를 포함한 합정 일대를 '전략정비구역'으로 지정

●● 복합화력발전기는 두 개의 서로 다른 방식의 터빈(가스터빈, 증기터빈)으로 이루어진 새로운 방식의 발전기로, 일련번호 역시 6, 7호기가 아닌 1, 2호기로 새로 부여되었다.

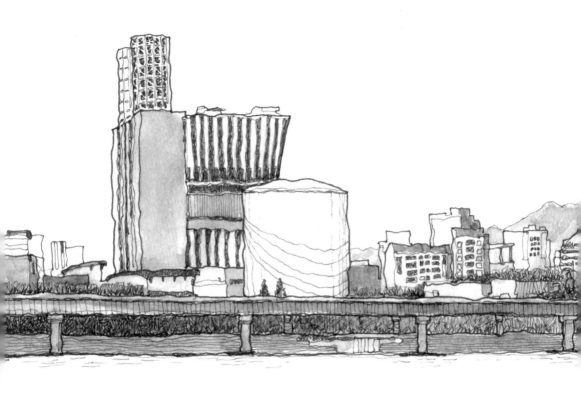

▲ 여의도에서 건너다본 서울화력발전소

하여 대대적으로 재개발한다는 내용이 담겨 있었다. 역시나 개발 후 예상 조감도에는 발전소는 간데없고 고층 빌딩과 너른 공원이 시원시원하게 그려져 있었다. 그렇다면 발전소는 어디로 간단 말인가? 기계설비로 가득 찬 폐쇄적 발전시설은, 누구에게나 개방된 쾌적한 공원과 같은 대지 위에 자리하기엔 무리가 있었다. 이는 결국, 새로운 발전소가 지어질 수 있는 장소가 다른 도시 아니면 땅속밖에 없음을 의미했다. 그리하여 서울시는 발전

소 이전 문제로 고양시와 한바탕 실랑이를 벌인 후, 체면만 구긴 채 2011년 현 서울화력발전소 서측 부지의 지하공간을 새로운 발전시설 부지로 최종 결정하였다.

하지만 우리는 이미 세운상가에서, 해방촌에서, 서계동에서 2000년 대 이후, 소위 두 번째 개발 시대의 말로를 보았다. 세계 경제 침체, 뉴타운 사업의 부작용, 한나라당의 지방선거 참패 그리고 오세훈 시장의 사퇴, 이 모든 것은 시대의 역류를 멈춰 세웠고 덩달아 합정 일대 재개발사업도 멈춰 섰다. 다만 합정동 주거환경 개선이란 사회적 요구만 살아남았다. 고층빌딩은 모두 불발되었지만 화력발전소의 지하화 그리고 그 자리를 시민들을 위한 복합문화공간●으로 재생하는 계획은 살아남았다.

    이제 또다시 문젯거리가 생겼다. 이 넓은 공간을 무엇으로 채우고 어떻게 비워야 할지, 개념조차 모호하고 불분명한 '복합문화공간'의 정체는 과연 무엇인지, 실질적이고 구체적인 고민이 필요하게 되었다. 요란한 관심과 함께 등장한 문화시설들이 정작 제대로 활용되지도 못한 채 오랜 기간 방치되던 사례를 시민들은 이미 수차례 경험하였기에, 이러한 전철을 밟지 않기 위해선 설계에서부터 운영과 관리, 행정, 사업 등의 종합적인 고민과 검토가 요구되었다. 이러한 기대와 우려 속에서 2018년 말, 서울화력발전소 복합문화공간의 기본적인 밑그림이 결정되었다. 비현실적 회화와도 같은 조감도엔 옛 발전소를 적극적으로 활용하여 내외부가 다양하게 연결, 확장되는 그림7이 그려져 있었다. 그리고 2021년 현재, 복합화력발전소 지상부는 공원화가 완료되어 민간에게 개방되었으며, 폐기된 4·5호기 영역 역시 2023년 준공을 목표로 한창 사업이 진행 중이다. 새롭게 지어질 복합문화공간이 기존에 없던 흥미롭고 신선한 인공 환경이 될 것임은 의심치 않는다. 하지만 건축, 그리고 물질적인 공간보다 중요한 것은 이 공간을 운영하고 사용하는 사람들일 것이다. 공간의 운명은 그 안을 채우고 있

● 서울화력발전소 복합문화공간화 사업은, 버려진 화력발전소를 미술관으로 리모델링하여 발전소 시설을 재생함과 동시에 낙후된 주변 지역의 경제를 활성화하는 데 큰 역할을 한 영국 '테이트모던'의 선례를 따른 것이다.

는 사람들에 의해 결정된다. 우리는 앞서 서울의 여러 동네들을 둘러보며 그것을 확인하였다.

지금까지 살펴본 서울화력발전소의 역사는 앞서 둘러봤던 동네들의 역사와 일맥상통한다. 일제강점기 처음 들어선 발전소는 해방 후 우리 손에 넘어왔다. 개발 시대를 거치며 우리는 일제가 지정해준 위치에 별다른 고민 없이 발전소를 확장하였고 이내 새로운 시대의 서울에는 적합하지 못한 장소였음을 깨달았다. 2000년대 들어서 서울시는 발전소 처리에 대해 고민했다. 재개발 방식을 두고 갈팡질팡하는 동안 부동산 가격이 오르고 젠트리피케이션도 발생하였다. 어쨌거나 발전소는 서울시와 공존하는 방향으로 결정되었다. 좌충우돌은 진행 중이며 앞으로 또 어떻게 변화할지 아무도 알 수 없다. 다만 조심스럽게 기대해본다. 서울화력발전소에 새롭게 씌워질 다른 역사의 한 켜가 발전소 주변 동네, 나아가 서울시의 오래된 미래를 제시할 하나의 이정표가 되길 말이다.

은행 건축의 이유 있는 변화

KB청춘마루
마포구 홍익로 18

2021년 한 인터넷 전문은행이 상장에 성공하며 단숨에 거대 금융사로 등극했다. 오프라인 지점을 운영하지 않는 이 온라인 은행의 성공은 오늘날 은행 업무의 변화를 상징적으로 보여주었다. 시중은행 지점이 지속적으로 감소하는 현상은 이와 무관하지 않다. 이런 상황에서 홍대앞 KB국민은행 지점이 지역 커뮤니티 시설로 탈바꿈하였다. 리모델링 건축설계를 맡은 홍익대 건축대학 교수들은 폐쇄적 벽면과 정적인 바닥을 개방적이고 역동적인 사선 계단으로 바꾸면서도 김수근이 설계한 이 건물의 구조적 외관을 그대로 보존하여, 낯설면서도 익숙한 건축물로 부활시켰다. 도시의 산업 및 사회구조 변화로 인해 '재생'이 중요한 키워드로 자리한 이 시점에서, 건축물을 잘 짓는 것 이상으로 잘 고쳐 쓰는 것이 중요한 화두가 되었다.

요절한 건축이여

우리마당 연작
마포구 서교동 361-23, 361-20, 361-19

고교 시절 나는 비교적 일찍 '건축'을 전공으로 결정했다. 나의 건축이 적어도 내 수명보다는 오래 지속될 것이며, 그걸 볼 때마다 후대 사람들이 나를 떠올리리라 생각했던 것. 일종의 '불멸에 대한 열망'이었다. 안타깝게도 사람들 대다수가 건축가에게 별 관심이 없으며, (경우에 따라) 건축물의 수명이 인간의 수명보다 짧음을 건축학도가 된 후 깨달았다. 더 안타까운 것은 역사적 건축물조차도 그리 오래 지속되지 못한다는 사실이다. '홍대 벽돌거리' 또는 '우리마당 연작'(1977·80·81년 준공)을 기억하는 이가 꽤 있을 것이다. 그 자체로도 작품성과 완성도가 뛰어난 데다 '홍대 앞'의 기원인 '피카소거리'의 시초라 할 만큼 상징적인 건축물이지만, 지금은 너무 심하게 리모델링되어 그 원형을 찾기 힘들다. 오래 지속되어야 마땅한 건축물이 불멸은커녕 요절하고 만 것이다. 하지만 나는 기억하련다. 건축가 김기석의 우리마당 연작이 서교동 361-23, 361-20, 361-19에 자리하고 있었다고……

혐(嫌)과 힙(hip)의 차이

앤트러사이트 합정점
마포구 토정로5길 10

가동을 멈춘 공장이나 버려진 창고가 카페나 식당, 문화공간으로 화려하
게 부활함은 어제오늘의 일이 아니다. 게다가 일부만 보존하거나 재활용
하는 게 아니라, 원래 건축물 내에 있던 재료와 분위기, 때로는 생산설비
조차 거칠고 투박하게 그대로 살려서(인더스트리얼 인테리어) 공간이 품고
있던 용도와 시간의 흔적들을 물질적으로 남겨둔다. 합정동에 자리한 앤
트러사이트 역시 창고(그 이전엔 신발 공장)가 카페 겸 문화시설로 부활한
공간으로, 2008년 문을 연 이래 제주 등 여러 곳에 분점을 낼 정도로 사
람들에게서 큰 사랑을 받고 있다. 물리적인 공간 자체는 크게 다르지 않
음에도, 공장에서라면 거친 작업장일 뿐인 곳이 카페에서는 힙한 인테리
어로 받아들여지는 심리는 참으로 역설적이다. 역시나 건축물은 그것이
비워낸 공간과 용도 속에서 그 의미가 드러난다.

좋은 건축가 이전에 좋은 건축주

절두산 순교성지
마포구 토정로 6

절두산 순교성지는 내가 난생처음 '좋은 건축'이라 생각한 건축물이다. 연애에 비유하면 첫사랑이랄까. 그런 나의 첫사랑은 개발 시대의 시작점이자 한국 현대건축의 본격적 시작점인 1960년대 후반에 설계, 준공되었다. 모든 게 부족하고, 모든 게 시작 단계이며, 그래서 충분히 여물지 못한 시절이었다. 그렇게 척박한 환경에서도 이렇게 보물 같은 건축물이 지어질 수 있었던 데는 이희태라는 훌륭한 건축가의 공이 가장 컸지만, 못지않게 건축주의 역할도 컸다. 성당과 기념관을 발주한 한국천주교회는 설계 공모 당시 '절두산의 모양을 조금도 변형시키지 않는다'는 단순하면서도 중요한 조건을 제시하였다. 다시금 되새겨본다. "좋은 건축은 좋은 건축가가 만들고, 좋은 건축가는 좋은 건축주가 만든다"고…….

도시 걷기의 마무리

500년 조선의 역사와 함께 빚어진 이 도시는 35년 일제강점기 동안 근대화란 명분하에 일제의 입맛대로 변경, 확장되었다. 이렇게 식민지화와 근대화가 뒤죽박죽된 서울시는 해방과 함께 다시 본래 주인에게 떠넘겨지듯 되돌아왔다. 기쁨도 잠시, 조국은 분열되었고 곧이어 전쟁이 발발했으며 서울은 폐허가 되었다. 전쟁 이후 권력을 잡은 정권은 서울의 구조를 재편하기 시작했고, 일제가 구축한 기존 구조와 조직에 순응하거나 독재적이고 전체주의적이며 권력 중심주의적으로 도시를 뜯어고치기도 했다. 그렇게 수정된 도시 구조는 훗날 경제발전에 상당한 기여를 하기도 했지만 도시 발전과 확장을 제한하는 걸림돌이 되기도 했다.

1994년 10월 21일, 성수대교가 붕괴하였다. 1979년 준공된 다리가 15년 만에 힘없이 끊어진 것이다. 그 사고로 출근, 등교 중이던 시민 32명이 사망하고 17명이 크게 다쳤다. 그리고 이듬해 삼풍백화점이 붕괴했다. 502명의 사망자와 937명의 부상자, 6명의 실종자가 발생하였다. 이 두 사건은 대한민국 사회에 만연하던 개발 만능주의의 폐해를 적나라하게 드러내는 계기가 되었다.

1997년, 작은이모 댁에 얹혀살며 서울살이를 시작한 재수생은 이듬

▲ 발전소 앞 토정로의 가로 풍경

해 대학생이 되었다. 이모 댁(봉천역)과 대학(신촌역) 모두 같은 2호선 라인에 있었음에도 나는 지하철을 타고 한 번에 통학할 수 없었다. 성수대교 붕괴 이후 모든 한강 교량의 구조 안전 점검이 실시되었고, 그 결과 2호선 당산철교의 구조적 결함이 발견되어 1996년 말부터 철거 및 재시공에 들어간 것이었다. 그리하여 나는 지하철 한 정거장 거리를 이동하기 위해 굳이 당산역에서 하차하여 셔틀버스를 타고 양화대교를 건너, 합정역에서 다시

2호선 지하철을 타야 했다. 하지만 그 덕에 나는 내가 당할 수도 있었던 불의의 사고를 피하게 되었고, 또한 그 덕에 나는 차량이 꼬리를 물고 달리는 강변북로, 공사 중인 당산철교, 거대한 굴뚝의 발전소, 그리고 아름다운 절두산 순교성지를 매일같이 볼 수 있었다. 그중 절두산 위에 살포시 내려앉은 성당이 가장 마음에 들었다. 아무것도 모르는 새내기 건축학도의 눈에도 정성이 많이 들어간 건축물이 가장 좋아 보였다.

오늘날 2000년대 이후는 이전 시대와 달리 다양한 방향성 사이에서 갈팡질팡, 이랬다 저랬다를 반복하고 있다. 하지만 그런 와중에도 앞서 걸어본 수많은 동네와 길에서 확인할 수 있었던 사실은 구도심 속 역사, 평범한 동네가 갖고 있는 공동체, 오래된 건축이 품고 있는 시간 등 도시의 시대성에 대한 사회적 이해와 공감대가 확대되고 있다는 점이다. 이러한 변

▼ 절두산 순교성지와 당산철교

화덕에 나의 도시 걷기는 더욱 즐겁고 흥미로운 경험이 되지 않았나 싶다.

세상에 태어나 두 발로 걸을 수 있는 때까지 아기들은 작은 공간을 뒹굴며 그곳이 세상의 전부라 생각하며 살아간다. 하지만 한 살 두 살 나이를 먹으며 자기만의 세상을 넓혀가게 되고, 사람들은 그렇게 각자 넓혀간 세상을 제각각의 방식으로 이해하고 받아들이고 기억한다. 당시에는 모르겠지만 어느 장소에 머물며 개개인이 경험한 많은 것들은 기억으로 남게 되고, 그러한 기억들은 그 장소에 덧씌워진 그만의 인식의 켜가 될 것이다. 내가 서울살이를 처음 시작한 봉천동, 충정로를 떠올릴 때마다 1990년대 말 거리 풍경이 머릿속에 선명하게 그려지듯 말이다.

심상지리(心想地理, Imagined Geographies)라는 개념이 있다. '마음속의 지리적 인식'[1]이란 뜻을 지닌 이 개념은 오리엔탈리즘과 같은 서구 중심의 왜곡된 지리적 사고를 비판할 때 주로 쓰인다. 하지만 누구에게나 자기만

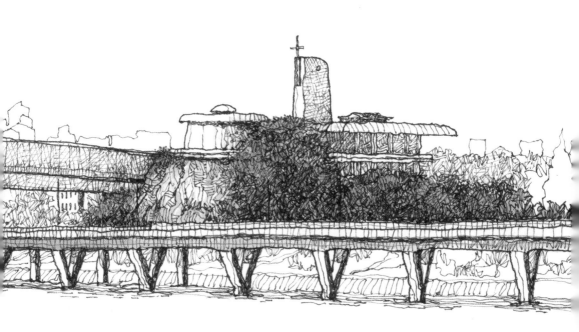

의 심상지리가 있다. (어찌 보면 이 책 자체가 내가 품고 있는 서울의 심상지리라 할 수 있다.) 이러한 개인적 심상지리는 직접 다녀간 곳, 살던 곳, 머물던 곳뿐 아니라, 각종 서적과 매체를 통해 간접적인 방식으로 그려질 수 있다.

　이렇게 수많은 사람들이 각자 마음속에 인식하고 있는 장소에는 각각을 대표하는 시대성이 있을 것이다. 보통 한 장소(도시, 동네)에서 한 시절 진득하게 머물다 떠나버리게 되면 자기가 머물던 시대와 그곳에서의 일들, 자주 보던 경관을 개인의 심상지리에 그대로 반영한다. 하지만 이러한 개인적 경험은 짧게는 수십 년에서 길게는 수백 년에 이르는 장소의 역사와 비교해볼 때 지극히 일부분에 불과하다 할 수 있다. 물론 일부분만을 인식하고 있다 하여 문제될 건 없다. 다만 개인적 경험의 한계에서 시대성을 좀 더 넓게 확장하고 싶다면 우리는 장소의 역사를 공부할 필요가 있다.

　한데 도처에 흥미롭고 주위를 끄는 것들이 너무 많은 오늘날, 도시 그리고 동네의 역사에 도통 관심이 가지 않을 것이다. 이럴 때, 나는 무작정

걸어볼 것을 추천한다. 비교적 가볍고 쉽게 시작할 수 있는 도시 걷기 덕분에 장소에 대한 애정과 관심이 생길 것이고, 그러한 애정은 장소의 역사로까지 확장될 것이다. 이렇게 장소의 역사를 알게 됨으로써 예전에는 보이지 않던 것들이 눈에 들어오게 될 것이며, 다시 그러한 경험은 개인의 심상지리의 지평을 넓혀줄 것이다.

　이 책은 개개인의 주관적 기억으로 이루어진, 제한된 심상지리의 폭을 넓혀주는, 수많은 틀 중 하나를 제공한다. 하지만 이 책은 수많은 도시 걷기의 한 가지 사례일 뿐이다. 나는 독자들이 이런 사례를 응용하여 스스로가 걷는 장소마다 다양한 시대성을 확장하고 의미를 부여하여, 그를 통해 보다 깊고 넓은 심상지리를 그릴 것을 희망한다. 이는 나 역시 부족한 부분이니 앞으로 꾸준히 그리고 기꺼운 마음으로 해 나가야 할 숙제이기도 하다.

▼ 남산에서 바라본 서울

프롤로그

1_ 유홍준, 《나의 문화유산답사기》, 창비, 2011

제1부

첫 번째 걷기

1_ 김갑득·김순일, 〈구한말 서울 정동 영국공사관의 건립에 관한 연구〉, 《대한건축학회논문집》 제18권 10호, 대한건축학회, 2002.10

2_ 권기봉, 《서울을 거닐며 사라져가는 역사를 만나다》, 알마, 2008

3_ 김수근문화재단, 《당신이 유명한 건축가 김수근입니까?》, 공간사, 2006

4_ 황두진, 〈인연 깊은 세 건축가의 작품이 나란히… 요란하지 않아 걷기 좋은 길〉, 조선일보 2018.5.11

5_ 김수근문화재단, 앞의 책

6_ 김원, 〈성공회 성가수녀회수녀원〉, 《공간(空間)》 281호, 공간사, 1991.1

두 번째 걷기

1_ 임희지, 《서촌지역 정책평가를 통한 향후 발전방안》, 서울연구원, 2013

2_ 신현준·이기웅 엮음, 《서울, 젠트리피케이션을 말하다》, 푸른숲, 2016

3_ 임희지, 앞의 책

세 번째 걷기

1_ 〈한국 건축계의 '맏형', 윤승중의 반세기를 돌아보다; 대법원·청주국제
    공항 등 설계… 건축가 윤승중 50주년 전시〉, 조선일보 2017.4.25

2_ 손정목, 《서울 도시계획 이야기 1》, 2003년

3_ 〈진고개 점령한 일본인, 혼마치로 바꿔 식민화 거점 삼아〉, 중앙SUNDAY
    2020.11.7

4_ 조명래, 〈돌아온 산, 남산—식민지배층의 특권적 공간 '남촌'〉, 한겨레21
    제781호, 2009.10

5_ 염복규, 《서울의 기원 경성의 탄생》, 이데아, 2016

6_ 김소연·이동언, 〈"오리엔탈리즘"의 재해석으로 본 일제강점기 한국건축
    의 식민지 근대성〉, 《대한건축학회논문집》 제21권 4호, 대한건축학회,
    2005.4

7_ 권기봉, 《다시, 서울을 걷다》, 알마, 2012

8_ 신성국, 〈명동성당 길과 바꾼 105인 사건〉, 가톨릭프레스 2015.11.2

9_ 정석, 《천천히 재생》, 메디치미디어, 2019

10_ 손정목, 앞의 책

11_ 서울시설공단 홈페이지

12_ 신현준·이기웅 엮음, 앞의 책

13_ 손정목, 앞의 책

14_ 같은 책

15_ 〈"한번에 쫓아내면 '재개발', 한명씩 쫓아내면 '도시재생'".."박원순 시장
    님, 도시재생이 뭔가요?"〉, 경향신문 2019.1.1

네 번째 걷기

1_ 서울한양도성 홈페이지

2_ 임창복, 《한국의 주택, 그 유형과 변천사》, 돌베개, 2011

3_ 같은 책

4_ 일본 문화청 엮음, 《종교연감》

5_ 정형·이이범, 《일본 사회문화의 이해》, 보고사, 2004

6_ 〈國有林(국유림) 一部(일부)를 垈地(대지)로—龍山洞(용산동) 戰災民(전재민)에 貸付(대부)〉, 동아일보 1948.9.30

7_ 신현준·이기웅 엮음, 앞의 책

8_ 〈오래된 동네가 개발된 곳보다 더 좋다〉, 주간경향 1013호, 2013.2

9_ 〈"21세기 서울이 먹고 살 것은 디자인"〉, 조선일보 2007.10.28

제2부

다섯 번째 걷기

1_ 황두진, 《가장 도시적인 삶》, 반비, 2017

2_ 같은 책

3_ 〈일제때 충정로 그곳은 일본인 신혼집이었다〉, 아시아경제 2012.7.20

4_ 장림종·박진희, 《대한민국 아파트 발굴사》, 효형출판, 2009

5_ 정석, 앞의 책

6_ 장남종·양재섭, 《서울시 뉴타운사업의 추진실태와 개선과제 2008》, 서울시정개발연구원, 2008

7_ 〈마포대로 '마지막 퍼즐' 아현 1구역 재개발 본격화〉, 한국경제 2018.11.25

8_ 〈마포 마지막 '알짜' 아현1구역, 재개발 시동〉, 조선비즈 2019.7.10

9_ 〈왕실묘 → 골프장 → 유원지 → 독립투사 묘지 '영욕의 232년'〉, 한겨레 2018.5.31

10_ 서울역사박물관 엮음, 《청파·서계: 서울역 뒷동네(2016 서울생활문화 자료조사)》, 서울역사박물관, 2017

11_ 이순우, 〈만초천 물길이 남겨놓은 흔적, 갈월동 굴다리—숙명여대 앞 진입도로가 두 갈래 일방통행로가 된 까닭은?〉, 《민족사랑》 2019년 5월호, 민족문제연구소, 2019.5

여섯 번째 걷기

1_ 장림종·박진희, 앞의 책

2_ 서울역사박물관 엮음, 《88올림픽과 서울》, 서울역사박물관 전시과, 2018

3_ 박장식, 〈'진짜 서울역'은 원래 서대문 앞에 있었다〉, 오마이뉴스 2020.6.28

4_ 〈新村-西江線(신촌-서강선) 그대로 두기로〉, 동아일보 1959.11.11

5_ 〈신촌 판자촌 어떻게 형성됐나〉, 이대학보 2004.11.29

6_ 서울역사박물관 엮음, 《신촌: 청년문화를 품은 개척지(2016 서울생활문화 자료조사)》, 서울역사박물관, 2017

7_ 미국 국립문서기록청, 1957년 항공사진

8_ 〈대만 기자가 32년 전 찍은 '이한열 장례식' 국내 처음 공개〉, 한겨레 2019.7.14

9_ 서울역사박물관 엮음, 앞의 책

10_ 서현, 《그대가 본 이 거리를 말하라》, 효형출판, 1999

11_ 박정환, 〈모텔촌의 가로경관 특성 분석: 신촌 모텔촌을 중심으로〉, 서울
    대학교 석사학위 논문, 2017

일곱 번째 걷기

1_ 〈서울市內(시내) 판자촌 77萬(만)평에 庶民(서민)아파트 2千(천)동〉,
    동아일보 1968.12.3

2_ 〈15地域(지역) 四百(사백)동 庶民用(서민용)아파트〉, 동아일보
    1968.12.17

3_ 〈넓어지는 홍대 상권, 합정·연남동 넘어 망원·성산동까지 '들썩'〉, 한국
    경제 2014.11.18

4_ 조한, 《서울, 공간의 기억 기억의 공간》, 돌베개, 2013; 김수아, 《서울시
    문화공간의 담론적 구성: 홍대 공간을 중심으로》, 서울연구원, 2013

5_ 이세영, 《건축 멜랑콜리아》, 반비, 2016

6_ 신현준·이기웅 엮음, 앞의 책

7_ 당인 문화공간 조성 통합 설계공모 당선작 〈당인리 포디움과 프롬
    나드〉, 매스스터디스, 2018

에필로그

1_ 김승환, 〈심상지리〉, 시방아트 홈페이지(http://seebangart.com/archives/3865)

걸으면 보이는 도시, 서울

드로잉에 담은 도시의 시간들

초판 1쇄 펴냄 2021년 11월 25일
3쇄 펴냄 2022년 6월 24일

지은이 이종욱

펴낸이 고영은 박미숙
펴낸곳 뜨인돌출판(주) | 출판등록 1994.10.11.(제406-251002011000185호)
주소 10881 경기도 파주시 회동길 337-9
홈페이지 www.ddstone.com | 블로그 blog.naver.com/ddstone1994
페이스북 www.facebook.com/ddstone1994 | 인스타그램 @ddstone_books
대표전화 02-337-5252 | 팩스 031-947-5868

ⓒ 2021 이종욱

ISBN 978-89-5807-879-1 03810